广雅

聚焦文化普及，传递人文新知

广　大　而　精　微

困在记忆里的母亲

一个阿尔茨海默病家庭的自救之旅

EVERYTHING

LEFT
My Mother, Our Memories,
and a Journey Through the Rocky Mountains

TO

REMEMBER

［美］斯蒂芬·贾格尔 —— 著

于萍 —— 译

广西师范大学出版社

·桂林·

困在记忆里的母亲：一个阿尔茨海默病家庭的自救之旅
KUN ZAI JIYI LI DE MUQIN YIGE A'ERCIHAIMOBING JIATING DE ZIJIU ZHI LÜ

EVERYTHING LEFT TO REMEMBER: My Mother, Our Memories, and a Journey Through the Rocky Mountains
Text Copyright © 2022 by Steph Jagger
Published by arrangement with Flatiron Books. All rights reserved.
著作权合同登记号桂图登字：20-2022-256 号

图书在版编目（CIP）数据

困在记忆里的母亲：一个阿尔茨海默病家庭的自救之旅 /（美）斯蒂芬·贾格尔著；于萍译. --桂林：广西师范大学出版社，2023.5
ISBN 978-7-5598-5939-6

Ⅰ. ①困… Ⅱ. ①斯… ②于… Ⅲ. ①随笔－作品集－美国－现代 Ⅳ. ①I712.65

中国国家版本馆 CIP 数据核字(2023)第 069751 号

广西师范大学出版社出版发行
（广西桂林市五里店路 9 号　邮政编码：541004）
网址：http://www.bbtpress.com
出版人：黄轩庄
全国新华书店经销
广西广大印务有限责任公司印刷
（桂林市临桂区秧塘工业园西城大道北侧广西师范大学出版社集团有限公司创意产业园内　邮政编码：541199）
开本：880 mm × 1 240 mm　1/32
印张：9.5　　字数：185 千
2023 年 5 月第 1 版　　2023 年 5 月第 1 次印刷
定价：68.00 元

如发现印装质量问题，影响阅读，请与出版社发行部门联系调换。

致母亲：

您与我渐行渐远，

但与太阳、月亮和海洋相比，

您教会了我更多的东西。

上帝啊，我们都获得了自由。

在阿尔茨海默病将母亲一点点带走前，这次旅行是我了解她的最后机会

来到这个世界时，我们心中就有了指示和地图。

——乔伊·哈乔（Joy Harjo）

母亲的故事始于1966年，但一直被她放置在内心一隅的方寸之地。她还患有阿尔茨海默病。从确诊的那一刻开始，我就发觉，阿尔茨海默病和这个故事之间有着千丝万缕的联系。它们似乎紧紧交织在一起，像一条绳子一样，以至于我觉得，只要我能解开它们，也许就能帮她获得自由。

随着我的出生，母亲的故事也写进了我的DNA中。就像一颗休眠的种子，原本深埋在地下，不知怎的就从她的花园转移到了我的花园里。它的每一条信息都印在

我的基因里。我对此非常肯定。在我骨血长成之前，它就已经流淌在我的血液里，深深嵌入了我的骨髓中。

这是我与生俱来的东西，在母亲孕育我之前，上天、我的母亲和我那小小的灵魂就已经决定了我骨子里的天性。

我的母亲对她年轻时所犯的一个错误只字不提——她与我父亲未婚先孕，孩子后来被送养，而这一错误竟被隐藏了数十年之久。她也从不流露丝毫情绪——这些是否发生过，何时、如何发生的。她生性沉默，不善言辞，不会主动讲述自己的故事，患上了阿尔茨海默病之后，就更不可能了。所以，她的故事由我来讲述。这也算是一种传承吧。

小时候，我并不知道将来要由我讲述她的故事。十几岁时，我也想不到自己的使命是讲述她的故事——我认为这无异于"黄毛丫头在大人面前指手画脚"。（在这个过程中，我建立起了一种自信和无畏，对我大有裨益，但这不是重点。）

直到大约二十五年后，我和母亲一起在树林中散步，她在小径上停下来，明确地告诉我"我照常生活，你尽管记录"时，我才意识到这一点。

那是十一月初，天气晴朗，树林里雾蒙蒙的，阳光透过黄色的大叶枫洒下来，疏影婆娑，我们勉强辨得清位置和方向。

"我来写一本关于您的书怎么样？"当我们走向我最喜欢的那一段步行道时，我问道，"关于您的书。"

"一本关于我的书？"她惊讶地说，"但我的人生再平淡不过了。"

走着走着，她一下子停了下来，思考着什么。最近，她常常这样，看着她无异于看着一个玩积木盒的孩子，她试着将蓝色积木放入对应的孔中，然后再拿起红色的小方块，过程十分缓慢，而且不一定一下子就能找准位置。

"我要……"她边说边在脑海中慢慢梳理着这个问题，"我要写一部分吗？"

"不，妈妈，"我说道，"您一个字都不用写。"

她看着我，我看到她的脸色放松了下来。她冲我笑了笑，伸出手，握住了我的双手。

"哦，好，"她一边紧握着我的手，一边说道，"我照常生活。你尽管记录。"

说完，她迈开步子，继续向前走。

我以为她肯定会再说点儿什么,但她没有。

我们沿着蜿蜒的小径走过一片特别大的枫树林,地上铺满了树叶。我捡起一片叶子,递给了母亲,仿佛那是一个系着绳子的橘色气球。没过多久,她便玩起了躲猫猫的游戏,用树叶遮住脸,随即再把树叶拿开,并发出"咯咯"的笑声。

"我在这儿!"她笑着说道。

叶子再次从她手中掉了下来,飘落在地上。我弯下腰,捡起树叶,还给了她。

"你就是为此而生的。"她说道,声音里透着一种格外的清醒。

"为什么而生?"我问道。

"为了捡起我掉落的所有树叶。"

母亲确诊后不久,也就是在树林中散步之前,我和母亲刚刚进行了一次自驾游——在两周的时间里,我们开车去了几个国家公园,在户外露营。当时,我拼命地渴望对她的人生多一些了解,了解她的一切。一想到在我尚未完全了解她之前,阿尔茨海默病会将她一点一点地带走,我便感到窒息。尤其是我总觉得她已经在一点一点离我而去。

于我而言，母亲身上有太多的谜团。尤其令我困惑的是1966年以后——我大哥出生前后发生了什么。但与此同时，母亲身上还隐隐有一种讳莫如深、避而不谈的感觉。

我不知道背后隐藏着什么，也不清楚她为什么瞒着我。但我有一种感觉，多年来，这种感觉一次又一次地告诉我，母亲还有我从未了解的一面，甚至对她自己来说也是如此。

长期以来，我一直渴望更多地了解我的母亲，但自从她确诊以来，这种渴望发生了些许变化——一种更加焦灼的情绪代替了这种无声的隐痛。

我想了解她的全部——她的曾经，她的感受，她的点点滴滴——这次旅行像是我最后的机会。旅途虽短暂，但她仿佛放慢了渐行渐远的步伐，始终保持着最初的心智。于是，我牵起她的手，走向了那片未知的区域。

有时，我们会听到父辈的故事、祖辈的故事，以及先祖的故事。无论是书上写的，还是口口相传的，这些故事都会告诉我们，我们来自哪里，他们到底是谁、是什么样的人。有时，我们需要从自己身上、从身边的人身上去挖掘故事，从他们安息或被人遗忘的地方挖掘故事。当这些故事随风飘来时，我们需要紧紧抓住它们——因为风暴一来，它们便会消散，不知不觉间将我们笼罩在一片迷蒙之中。

我不知道如何讲述一个无言的故事。我不知道如何捡起那些落叶，将它们与我呼吸的空气区别开来。但母亲给了我答案。解开这一切的关键也是一种语言，在我们的旅行中，她用一种无声的方式向我娓娓道来，一切尽在不言中。

我们说得很明白：母亲照常生活，我负责记录。

这会是一本指导手册，指引着母亲走向自由。而当时，我不知道的是，它也会成为我的人生指南。

目录

家庭星座　　　　　　　　　001
关于退潮的故事　　　　　　009
其上如是，其下亦然　　　　019
蒙大拿州小镇普雷的祈祷　　037
善意的谎言　　　　　　　　051
千里荒野　　　　　　　　　068
兜兜转转，回到原点　　　　079

薄纱之翼	092
大分水岭	110
铅笔屑和杜松子	126
心材	141
侵蚀与消除的区别	156
借来的风景	171
屈服的旗帜	185
一个叫威斯德姆的地方	202
石头的运动	220
星辰	235
我的母语	245
回忆之路	256
以大地为证	270
结语　站在岸边	284
致谢	288

家庭星座

我花了十一个月的时间才注意到衣服上被撕开的"口子",才理解了被我反复嚼烂了的那句话——十一个月、一句话。

2015年6月,母亲被确诊阿尔茨海默病。这就是钩破我衣服的"元凶"——它像指甲一样钩住了衣服的纹理和细线,划开了一道口子。

当时,我尚不清楚母亲和我之间那些深层的联系,她与我是如何错综复杂地交织在一起的,还有,一个"口子"被拉开后,会导致其他"口子"也被撕开。

我告诉自己,我可以应对她的神经元和突触损伤的问题。我告诉自己,我的神经元和突触不会受到影响。但我的自信只是因为无知者无畏。

我花了十一个月的时间才意识到,事情并非如此。

随着母亲渐渐离我而去,问题接踵而来,我开始思考与自己的生活息息相关的问题,比如那些不同程度的愤怒,那些莫名的愤怒。

直到我的心理医生萨拉说:"你以为你比你母亲更强大吗?"这句话一针见血,直击我的痛处。

我仿佛听到了一个口子被撕开的声音,立刻别过脸去,不再直视萨拉。我的眼睛一直盯着鞋子——当人感觉到崩溃时,进行眼神交流是一件多么困难的事情。

不知道过了多久,某一天她再次质问我:"你以为你比你母亲更强大吗?"

这不是一个问句,但我知道,她在等我的回答,等我承认她说的没错。

大脑还没来得及弄明白萨拉的言外之意,我的身体已经主动做出了回应:泪水从我低垂的眼角滑落,胃里像翻江倒海一般,肩膀上的肌肉紧绷,似乎被往上提拉着,幸好这样我才勉强站稳。

因为浑身难受,我咬着下嘴唇。当萨拉跟我四目相对时,我又感觉到有一滴泪水从我脸上滑落。

"你就是这样想的。"她说。

我轻轻地晃着脚,从脚跟晃到脚趾,这是我的一个小动作。我的手放在大腿上，右手手指在裤子上画着小圈。所有这些动作都是一种自我安慰，我经常看到我母亲做这样的动作。我的外婆也是如此。当我意识到我在晃脚时，我手臂上的汗毛竖起来了。

通过我身体的反应，萨拉证实了她的说法。身体和大脑很有意思，身体会留出足够的空间，等待大脑最终弄明白怎么回事儿。

"深呼吸。"见我擦干了脸上的泪水，她说道。

"我没事，"我说，"我很好。"

我其实并不好。

这个话题我从未思考过。"强大"在这种情况下究竟意味着什么？我是觉得我比母亲更优秀、更重要吗？抑或是我觉得我在某些方面更聪慧？

对于所有这些问题，我的答案都是否定的——下意识地直接否定。我们大脑的认知是有限度的，但身体的认知往往会远远超出这个限度。大脑还没弄明白怎么回事时，身体往往已经有了答案。显然，我从骨子里知道这个问题的答案。这是骨子里的声音告诉我的。

我从未真正了解过我的母亲——完整的她，她的全部。加之我已经在渐渐失去我的母亲，这种想法实在是难以承受之重。

突然间,我所能感受到的一切——我的悲痛、我的渺小、我的羞耻——都涌上心头,像一股洪流一样,流经我的身体。我哭了,觉得体内的最后一丝力气也被抽走了。从此,一切都崩塌了。只是,我不确定这"一切"是什么,只知道,这是一种感觉——一种内心完全崩溃的感觉。

"你需要打开你和你母亲之间的心结,"我的心理医生说,"将一切隔阂都抛开。"

我不确定到底这个心结是什么,什么时候打了这么一个结,甚至这个结是怎么打的——但我内心的痛楚、撕裂感表明,不管我愿不愿意,有些事情已经发生了。

洗澡时,旅行的想法油然而生。

走进浴室时,一个声音在我脑海中回荡——回蒙大拿吧。

但我想起,我刚刚回去过。

我经常旅行,但很少再去曾经去过的地方,更不用说我刚刚去过的地方了。说到"刚刚",我去蒙大拿旅行时的行李还在门口呢。

我拿起香皂,放下了这个想法。没过一分钟,又想了起来。这次稍微有所不同。

"回蒙大拿吧,"我听到心里的声音说,"带上母亲。"

拿起洗发水之前我不由一顿。

这就有点意思了,我想。

我从未真正与母亲一起做过什么事情,只有我们两个。但考虑到她最近被诊断出阿尔茨海默病,这似乎是一个不错的主意。

我想,也许她需要一些什么。也许我应该帮她做点什么。

我的脑海中从未闪过在这过程中我可能需要点儿什么的想法,也没有想到她可能会帮到我。

我洗完澡,走出浴室,四十分钟后,打通了父母的视频电话。

几句闲聊后,我提出了这个想法。

"喂,妈妈,"我说道,"我打电话是想问问您想不想跟我一起去旅行?"

她茫然地看了看我,又看了看父亲。

我继续劝她。

"我们可以来一次自驾游,"我说道,"租一辆车,去几个国家公园,或许可以沿途露营。"

"为什么?"她问道。

我母亲很困惑。很难说这究竟是因为阿尔茨海默病,还是因为以母亲对我的了解——经常觉得我有些莫名其妙。我们可能从未一起做过什么,但我的决定经常会令她摸不着头脑。

"自驾游,"我说,"开着车……还会露营。就咱俩儿。"

"就咱俩?"她问道。"那我们睡在哪里?"

"睡帐篷。"我回答道。

她回头看着我父亲。那一刻,我不知道她是没弄明白,还是想征得我父亲的同意,抑或是寻找安全感。

我也看着我父亲。他面朝我母亲,但我可以看到他的眼睛亮了起来。他知道我鲜少提出这种想法,如果不是阿尔茨海默病,我根本不会有这种想法。

"你会睡在外面,"他对我的母亲说道,然后转身对着摄像头这头的我。"她会去的。"他说道。

"我要去吗?"她问道,然后迅速耸了耸肩,补充道,"嗯,好吧。听起来很奇怪,但没关系。"

这是我母亲表达信任的方式:她可以顺从别人,交出掌控权。作为一个通常掌握主动权的人，我很难理解这种特点。

我父亲接过话。

"你想什么时候去？"他问道。

"五月份吧，"我回答道，"但……您不是打算六月份去苏格兰打高尔夫吗？要不我们改成六月前后？"

我看见父亲的眼睛更亮了。这个时间堪称完美——他可以去打高尔夫，而不用一直担心我母亲，而她也可以跟我一起去旅行，我知道她会喜欢的。

父亲瞬间便做出了决定。

"早做准备。"他笑着说。

我做足了准备。安排好行程后，我便立即开车去了安伊艾购物中心（REI），购买所需的户外用品。

在商店里，我在一个展示柜前驻足，柜子上了锁，里面全是诸如巴克刀和防熊喷雾之类的东西。我感觉到自己开始出汗——先是腋窝，然后是掌心。

我需要这些东西吗？我思忖着。要买这些东西吗？

我不知道，因为——请注意——我从未真正去露过营。我睡帐篷的次数两只手都能数得过来，其中至少有三次是在卡里斯道尔荒野（Kerrisdale Wilderness，也就是我父母后院那片修剪整齐的草坪）的派对上。另外几次是我在二十几岁时，观看音乐会，当时我似乎有些喝醉了。剩下几次可以算作真正的露营，但真正负责具体露营工作的是我的朋友。老实说，我此前从未点过火，用过捷宝炊具，或是自己搭过帐篷，一次也没有。

"我可以的，"我一边自言自语，一边在牛仔裤的两侧擦了擦手，"我可以做到。"

我始终无法完全确定我可以做到些什么。但不管怎样，我觉得有什么东西在召唤着我。就像写在星盘上的东西、星座里提前预设的东西。

三周后，我和母亲启程，前往蒙大拿——一个以广袤无垠的天空而闻名的地方。

关于退潮的故事

周围环境中无声的事实对孩子的影响是无与伦比的。

——卡尔·荣格

我曾经读过一本关于母女关系的书。它以得墨忒尔（Demeter）和珀耳塞福涅（Persephone）的神话故事为中心——描写的是母女之间的一段舞蹈，女儿离家又回家，母女由不和到重归于好，如此反复。

我很喜欢这本书，与此同时，我发现很难说清她们之间的这种舞蹈。我觉得，我和母亲之间从未有过这样的关系。我们的相处方式可以概括为一个简单的故事，故事里，潮水向着某个方向涌动，而一个少女将自己分裂开来，一部分随着潮水涌动，另一部分则像一副空壳一般坐在岸边。在这个故事里，少女并没有回家，她一点一点地失去了自我，三十五年来，一直随着潮水向着大海的方向退去，只有一副空壳在沙滩上涂鸦。

四岁那年，我第一次在沙滩上涂鸦。最奇怪的是，教我在沙滩上涂鸦的是我的母亲。

这发生在温哥华的海景幼儿园（Marineview Preschool）。当时的记忆已经模糊，只剩下零碎的细节在脑海中拼凑、交织：我和母亲站在幼儿园门口。一进门，有一个通往上一层的楼梯，一个通往下一层的楼梯。我们要向下走。

"我们下去吧！"母亲低声说着，向我伸出了手，我便牵起了母亲的手。

我用另一只手（右手）抓住扶手，像个大姑娘一样，跟着母亲慢慢地往下走。

大约走到一半，我听到母亲提醒。

"打招呼。"她轻声说道。

我停下来，抬起头，看到两个女人站在楼梯下，向我们微笑。我看了看母亲。她笑着点了点头。我松开扶手，胆怯地挥了挥手。

其中一位女士向我们挥了挥手，迎上了楼梯。

"你好。"她蹲在我面前说道。她的声音如银铃般悦耳、亲切,身上散发着好闻的味道,像培乐多彩泥混合着糖果和香料的味道。

"你叫什么名字?"她问道。

我感觉到母亲抬起手臂,轻轻搭在了我的背上。

"她叫斯蒂芬妮,"她说,"她有点儿害羞。"

"嗨,斯蒂芬妮,"我面前的女士说道,"我也会害羞哦。"

我又抬头看了看母亲。

"交给我们吧,希拉。"另一位女士站在楼梯下面说道。

"只是……"母亲说道,"她……"

"交给我们吧,"蹲在我面前的女士附和道,"这样的情况我们遇到不下千次了。"

在那一刻,我感觉到母亲心中泛起了一丝忧虑。我便是她担忧的对象。我明白这种感觉,也感到些许安慰。母亲就是通过她的担忧表达爱的。例如,只有在母亲无尽的絮叨,犹如无时无刻不在我耳边萦绕的白噪声中,我才得以安然入睡。我抬起手,想再次抓住她的手,但她没有接过我的手,也没有像往常那样任由其担忧的情绪流露出来，而是弯下腰，双手捧着我的脸，深深地吻了一下我的脸颊。

"没事儿的。"她低声说，我并未从中听出信心，反而似乎在劝慰我，话里话外都透着担忧。她说的话与我的感受不一致。这是我印象中第一次感觉到母亲内心的纠结。

然后，我看着她转身、上楼、出门。我待在楼梯上，沉浸在她的忧虑中，很快，我自己也开始变得忧虑。

就在她身后的门关上那一刻，我一屁股坐在了楼梯上，开始哭号。我用手拍打着橡胶踏步板，抗议着，号叫着。蹲在我面前的女士在我身边坐了下来。她伸出手臂，试图安慰我。我狠狠地推开她，笨拙地擦了擦脸——我的眼睛、我的鼻子还有正在号啕大哭的嘴——然后，继续号叫。我的脸上一把鼻涕、一把眼泪，手也在地上磨蹭，沾满了灰尘。直到今天，我都讨厌将手弄得脏兮兮的。

再去幼儿园的时候，我的脸上挂上了母亲所谓的"勇敢的笑容"。只是，这种笑容背后的我毫无勇敢可言。我觉得就像灵魂突然被抽离，感觉身体被什么东西往两个方向用力撕扯。

从上幼儿园的第一天开始,很多事情接踵而来。随着时间的流逝,阅历的丰富,我也收获了难以言表的万千感受。我渐渐明白,尽管母亲心里感慨万千,她也很少将这些感受表达出来。相反,她选择了行动——用行动表达感情。

母亲的爱在于事必躬亲,身体力行。在拥抱和为我塞被角时,可以感受到母爱;在黄瓜三明治和生日蛋糕中,可以品尝到母爱;在干净的衣物中,可以嗅到母爱。她在身边,便能知道她爱我。

记忆中,我常常黏在母亲身上。早晨一起床,我会用胳膊搂着她的腰。她忙着为我们准备要带去学校的午餐便当,我便将脸贴着她的绿色丝绒睡袍。有一年夏天,我们去海边,我蜷缩在她身边,她的手指轻轻地穿过我湿漉漉的头发——我看着汗珠沿着她的肚子滴下来,最后流入肚脐。

母亲虽然人在我身边,但似乎并非全身心在此。虽然她的脸上总是洋溢着欢喜和满足,但似乎没有其他情绪——例如悲伤和痛苦。我虽然在母亲身边长大,但我几乎不曾在她脸上见过痛苦的情绪。

我能感觉到这些情绪稍纵即逝，但我从未在她脸上见到过，也从未从她口中听到过。她从不诉说她的愤怒，从不表达她的怒火。母亲为我付出很多，但从不与我促膝长谈，涉及情绪时，尤其如此。

我开始明白，如果母亲觉得有什么不舒服，她就会避开它，将它埋在心里。她会让自己忙碌起来，这很容易。毕竟，一个六口之家有许多家务活。

通过仔细观察，我发现，她几乎不会表达任何一种情绪。这就是"大姑娘"的样子。这意味着坚强。现在，我终于明白，感觉到某种不适，然后表达出来，需要一定的勇气。但在成长过程中，我从身边最亲近的人身上看到了另一种勇气，一种将事情藏在心里的勇气，一种不描述或大声谈论它们的勇气，一种将它们藏在心里的某个角落里，反其道而行之的勇气。我的母亲绝对有这种勇气。我的其他家人似乎也是如此。我们可以用嘲讽、挖苦和幽默的语气绘声绘色地讨论当天发生的时事，但面对孤独、悲伤、愤怒或绝望，我们只会陷入沉默。

我像我的家人一样尽力学着变得这么坚韧，但这令我疲惫不堪。对于一个多愁善感的孩子来说，对于一个天生健谈，痴迷于文字、书籍和故事的孩子来说，永远无法吐露的情绪令我苦不堪言。也许，我对文字的热爱源于绝望，源于对表达复杂情感的强烈渴望。

大约每个月，我都会发泄一次。在我因情绪高涨无处诉说而不知所措的日子里，放学回家后我便会静静地待在自己的房间里 —— 陪着我的是窗台上的瓢虫。关上门后，我会一头倒在床上，号啕大哭。我会一遍又一遍地叫着母亲 —— 我渴望她喋喋不休，渴望她安慰我，告诉我这是什么情绪，如何理解这一切。

但另一个我，更强大的那个我已经随着潮水向大海涌去。正是这个我在经年累月中抽走了我的灵魂。我明白这一点，因为虽然我嘴里喊着母亲，但我总是会用枕头捂住头。

简言之，我不能让她听到。我知道，在我内心的某个地方，她坐在我身边，当我向她哭诉时，我会更痛苦 —— 我会感觉她身体里有一个她向我靠近，而另一个她则迅速离我而去。为了避免这一切，我向着无数不同的方向疯狂地寻找可以靠岸的地方，以及能抓住的锚和浮标。

哭过后，我便沉沉睡去，直到吃晚饭才被叫醒。从五岁到十岁，这种情况时常发生。十岁之后，我就不再哭，也不再用被子捂着脸了。只是打个盹，任由夜的潮水暂时把我带走。

如果你每天都能见到一个孩子，你几乎注意不到他的变化。需要每年在墙上标出他的身高，或者翻看每个学年的照片，来告诉自己他已经长大了，这些记录清楚地说明一些变化已经发生了。

站在大海面前，同样很难发现潮水正在退去。你需要记住月亮的周期，或者仔细观察沙子，才能确定潮汐退去的方向以及它们带走的东西。

我很难找到失去自我的临界点：它发生在哪一天、哪一个月或哪一年？到底是在什么时候，我开始更像那个外表坚强的我，而越来越不像内在的我了？

这种变化无法衡量。没有框架、无法观察星盘中的月亮，也没法看到沙滩上有实实在在的图案。这些变化源于很多点的积累，模糊又交织在一起。身边的任何人都几乎不可能把这些点连在一起。在这过程中，自我一点一点地流失，悄无声息，不给自己任何倾诉和理解的机会。

到十几岁的时候，我已经将这种技能练得炉火纯青——我的情绪已经涌向大海，而我的精神则搁浅在了岸边。我可以轻松地将自己剥离。回避问题的小憩，也变成了酣睡，有时一次长达十三四个小时。对于情绪，我有一连串疑问。我纳闷，为什么有人可以谈论它们。我对表达情绪的人充满了好奇。

为什么他们不能将情绪放在心里？我的脑子里满是疑惑，全然没有意识到我才是那个分裂的人。

我的家人和我身边的其他人都对将情绪埋在心里这种特质赞不绝口——尽管它本身并不是一种特质，而是我的个性。在大多数情况下，我沉着冷静、客观理智，是一个懂事、自信的女孩。我的生活中并没有那些青少年的情绪困扰，尤其是女性情绪。

大家喜欢我的勇敢、聪慧（在母亲的教导下，我像大姑娘一般懂事），我自己也喜欢这一点。虽然有时叛逆，但我通常被称为一个好姑娘。听得多了，我也觉得像所有人说的那样，自己是个好姑娘。一个好姑娘往往表现很好，甚至不知道她正在表演或者手中有剧本，甚至看不到帷幕是拉开还是闭合的。

正如苏·蒙克·基德（Sue Monk Kidd）曾经写道："一旦我们陷入按照文化蓝图打造自己的模式中，它就会成为获得认可的首要方式。"

让身边的人相信我就在他们面前，这是轻而易举的，但事实上，另一个我已经走进了大海，踩着翻滚的浪花。那个最容易被说服相信这一切的人是谁？被这一切蒙蔽了双眼的人是谁？嗯，当然，那个人就是我。

其上如是，其下亦然

父亲把车停靠在温哥华国际机场路边时，我便看到了他。他从前挡风玻璃向外张望着，直到看到我。他微笑着，在车内向我挥了挥手。母亲坐在副驾驶座位，也在寻找着什么……但似乎根本不知道自己应该寻找什么。

以母亲的阿尔茨海默病病情，在蒙大拿州见面是不可能的。我计划飞到温哥华，在父母家住一晚，再跟母亲一起乘飞机前往博兹曼。第一站是黄石国家公园。

我示意父亲打开后备厢，装行李时，我听到他正在跟母亲解释。

"是斯蒂芬，"他说道，"她刚到。"

"到哪里？"她问道。

"这里，"他说，"温哥华。"

"但是她在哪儿呢?"她沮丧地说。

父亲指了指后备厢。

"在那儿呢,她就在那儿。"他说。

我挥了挥手,但母亲并没有看到。有些谈话内容勾住了她大脑中的某根神经。

"我们在温哥华吗?"她问道,声音里充满了困惑。

她正渐渐离我而去,我怎么能期待她变得更加强大呢?我心想。

我关上后备厢,深吸了一口气。在看完心理医生后的几个星期里,我一直在思考我做出的承诺——消除横亘在我和母亲之间的东西,了解一个完整的她。从她确诊到现在只有十一个月,而她已经开始与我渐行渐远。

我打开侧门,坐进后座。

"嗨,妈妈!"我说道。

我好像听到她的大脑里发出了"咔哒"一声。

"哦,我在想是不是你!"她说着便伸出手捏了捏我的手。"你换发型了,头发长了很多,而且更黑了。你的头发什么时候变得这么黑了?"她问道。

我看起来并没有什么不同。我的头发没有那么长,也一直是标准的巧克力棕色,没什么变化,是母亲对我的记忆发生了变化。在那一刻,我决定做出点儿改变。

"真的吗?"我边问道,边将一缕头发拉到前面看了看,"也许现在是冬天,所以看起来颜色深了一些。"

"应该是这样"她说,"颜色暗了很多,但很漂亮。"

她又捏了捏我的手,继续说下去。

"你就在家里住一晚吗?"她问道。

"不,妈妈,"我说,"我们要一起去旅行。我回来接您。"

"我们?"她问道,"你和谁?"

父亲插嘴道:"她……你和斯蒂芬要去露营。还记得吗?我们讨论过。我们还在收拾行李。"

父亲从后视镜里看着我,我也看着父亲。

"我们收拾了一些东西,"他说,"但我想你肯定也想帮忙。"

"当然。"我说道,掩饰着我的担忧,她的短期记忆已经这么短了吗。我知道她已经记不住一个月前甚至一周前发生的事情,但情况似乎更糟。她甚至不记得他们那两天一直在讨论的旅行——就在前一天,或者可能是那天早晨,她才开始收拾行李。

这是一种我与母亲相处的新模式——像是一种猜谜游戏,猜测她的病情进展,猜测在某个特定时刻她变成了谁、她觉得自己在哪里,她忘记了多少,她还记得多少。

我怀疑她是否真的需要帮着收拾行李,可能父亲只是随口一提罢了。毕竟,这个女人一生都将行李收拾得井井有条——她知道一家六口和一条流着口水的狗旅行时需要什么,她会花两周的时间整理这些物品,当时还不流行车顶行李架,她会将所有这些行李包括食物、冲浪板和救生衣都放在大众面包车的后备厢里。

事实证明,我错了。她确实需要帮忙收拾行李。到家时,我看到梳妆台上有一条红色牛仔裤、两件白色高领棉衫和一件带拉链的红色毛衣。旁边还有一条绿松石色的及膝短裤、一条黑色紧身裤和一条灰色围巾。

我们重新收拾了她的行李。但她坚持带着高领棉衫和灰色围巾。

"如果我感冒了怎么办?"她一遍又一遍地问道。

"对,"我假装赞同,"说得对。"

在她确诊后的十一个月里,我已经充分认识到,与一个患有阿尔茨海默病的人争论是没有用的……就像在蒙大拿州山区非要穿一件薄棉衫一样。在拉上行李箱的拉链前,我尽可能地将羊毛衣服、羽绒服和背心偷偷塞进了她的包里。

之后,我穿过大厅,来到我的房间,那个窗台上住着瓢虫的房间。这是我儿时的房间,我对它比对我自己还熟悉——然而,在那一刻,一切都不再是我熟悉的样子了。我爬上了小时候睡过的床,它与母亲的房间仅隔着一条走廊,但我的母亲不再是以前的样子了。

如果我们的故事像得墨忒尔和珀耳塞福涅的故事怎么办呢?我心想。只是在我们的故事版本中,当作为女儿的我最终归来时,母亲几乎已经离我远去。那时候怎么办呢?

在过去的几个小时里,我一直怀疑这次旅行是否能让我重新了解母亲。我想知道我这么做是不是太晚了?她的记忆之门是否已经关闭?她是否已经遗失了太多东西?

这让我感到不知所措,但这种不知所措并没有持续很长时间,因为那天晚上发生了一件熟悉的事情——刚躺下,眼泪便已经沾湿了枕头,我就这样睡了过去。

"我以前从来没有做过这样的事情。"当我们办理登机手续时，母亲兴奋地说。

当然，这并不是真的。在过去的三四十年里，母亲每年至少乘飞机旅行一到两次，但她也没有说谎。当她的脑海中没有那些旅行的记忆时，这怎么能算说谎呢？这介于事实和谎言之间，是一个迷失自我的地方。这就是阿尔茨海默病，令人无所适从。

"我觉得自己就像一个孩子，"她补充道，然后转身看向柜台后面的女士，"我不知道要怎么做。"

柜台后面的女士看着我，脸上是大多数人接触母亲时的表情：有点不对劲，但又说不出哪里不对劲。

确实如此。母亲看上去非常得体，就像著名演员简·方达（Jane Fonda）一样，但同时看着又像是另一个时代的人。

我对那位女士笑了笑，然后转向母亲，把手轻轻放在她的背上。

"跟着我做就好。"我说道。

"你是怎么知道的?!"她回答道。她目瞪口呆地站在那儿……然后，很快，松了一口气。

"对，"我说，"放松一下。"

办理登机手续后，我带着母亲通过安检，径直走向登机口附近的一家酒吧，迅速为我们各点了一杯香槟。她一直在说话，问了很多问题，兴致勃勃地四下观望，又开始提问。就像一个九岁的孩子，好奇心过重，又非常有礼貌。

"这个？"她指着一张高脚凳问道，"你确定吗？你打算坐在那里？"

"就坐在这里。"我说着，拉出了她旁边的高脚凳。

"哦，那里还有一个。这个好，对吧？"

酒保把她的饮料放在了她面前。

"这是我的吗？"她低声说，不情愿地接过酒，"我没带钱包。"

"我带了，妈妈。放心。"

"你带了？"她问，"我难道不应该带着我的吗？我的钱包呢？"

"在那儿。"我说道。她的钱包就搁在她腿上，肩带还挂在她的肩膀上。

"嗯，放在这儿还不错。"她笑着说，然后指着她那杯香槟，"所以，这杯香槟是我的吗？"她问道，"那你的呢？"

"我的在这儿。"我说。

"哦……"她看着我的杯子说道,"我不介意你先喝这一杯,我喝另一杯就好。"

我们举起酒杯。

"干杯!"她一只胳膊搂着我说道,"为了……"

她顿了顿。

我想知道她是在寻找正确的词还是不知道我到底是谁。

"为了母亲和女儿!"我补充道,然后碰了碰杯子。

"布赖恩呢?"她喝了一口酒后问道。

"他在家里。这次旅行只有您和我。"

"他不来吗?"

"不来,就只有咱俩……我们要去露营。"

"咱俩?"

她想了一会儿,我看到她的脸上出现了一丝担忧。

"我们带好所有需要用的东西了吗?"她问道。

"当然了。"我答道。

"好的,我就只是想想而已。"

她又喝了一口香槟,回头看着我。

"我们需要做些什么?你刚才说我们要搭帐篷吗?"

"别担心,妈妈。我带了所有需要的东西。喝酒吧。"

到了付钱的时候,我把钱塞进账单夹,站起来,开始收拾东西。

"好了,妈妈,"我说,"拿着那个包。该走了。"

"但你不能就这么把它放在那里。"她指着账单夹说。

我已经离开吧台,但她一直站在凳子旁边。

"走吧,妈妈。"我说。

"你要把它放在那儿吗?"

她有些不安。

"酒保知道,"我有些懊恼,"没关系。"

"他知道……你确定吗?"她慢慢离开吧台,但并不愿意把钱留在那儿。

"我确定。"我坚定地说。

我抓住她的手,开始拉着她走。"该走了,妈妈。"我说。

她的眼睛紧紧盯着账单夹。"不——哦,哦,他刚刚拿走了。好的,我们走吧。"

她冲我笑了笑,握住了我的手。

"我们去哪儿?"她问道。

我没有回答。

母亲的大脑就像一条打了结的金链子。无论多么精致，现在都已经打成了一个结。而且，我刚刚才知道，无论我多么努力，多么耐心，无论请多少珠宝商用多么小的针来做专业的检修，都永远打不开这个结。

登机区熙熙攘攘。我们站在一旁，从包里取出护照。把所有东西都整理好后，我抬头看了看提示器，看看我们的登机口是否已经开始值机。三四十秒过去了，母亲一直没有说话，也没有问什么，所以我转身看看她是否还在我身边。她就在那里，静静地环顾四周，轻轻地晃着脚。动作很轻，从脚跟晃到脚趾。我们都在做着这个动作，反反复复。

我记得我们就这样站在一起，好像只是几周前的事。

那一年的1月30日，我外婆去世。五天后火化，那天是母亲节，也是外婆九十六岁生日的前一天，我们一家聚集在温哥华，为她守灵。

那天早晨，我帮妈妈挑选合适的衣服。下午，我和她一起走进了房间，里面全是我们的家人——兄弟姐妹、姨妈姨父、舅舅舅妈和表兄弟。屋子里都是我的血亲,二十一个女人,十个男人。

我以前怎么从来没有注意到这一点?我站在一群女士周围想。

进入房间时,我感觉到了母亲的紧张。我们一起站在房门边缘的一扇窗户附近。她轻轻地靠在我身上,我们俩都摇晃着脚——从脚跟到脚尖,反反复复。

"这些人我一个都不认识。"她平静地说,显然非常担忧。

当然,这不是真的。她知道她应该认识,然而,她现在一个都不认识,就像陷进了一个泥潭一般。

"看看,这里有多少人,"她继续说,"只是……只是我一个都不认识。这三十年来,我一个都没见过。"

我没有纠正她。在她母亲的葬礼上纠正她,显得很残酷。

过了一会儿,她兴奋地转向我。她似乎想明白了,眼睛里突然充满了希望。

"我妈妈来了吗?"她问道。

这个问题让我心里一颤,就像心跳到了嗓子眼。我咽了咽口水。

"不,妈妈,"我看着她柔和的笑脸说道,"外婆来不了了。"

她也看着我。我看见她的笑容慢慢消失,舒了一口气。

"我早就知道了,不是吗?"她问道。

"是的,"我说,"您早就知道了。"

"几个月前我就知道了,不是吗?"她问道。

"是的,"我说,"几个月前您就知道了。"

虽然她静静地站在我身边,但我感觉到了她的崩溃,好像她内在的某个看不见的部分现在正倒在地上。

她在难过吗?当我伸手握住她的手时,我心想。这就是她悲伤的样子吗?

我知道她不会说什么,尤其是现在,尤其是对于一个阿尔茨海默病患者而言。要知道发生了什么,我必须自己去感受,去思考,去大致理解。这就是我要做的。

我不明白母亲需要从外婆那里得到什么。我从未问过她,她也不曾告诉我。但在那一刻,我才明白,她也学会了将自己剥离。我看着她先是忘记,然后再想起她的母亲走了,她意识到,并且反复意识到她已经无法再回到那个人的怀抱,失去了家的港湾。我感觉到了,她努力地保持镇定,又让一部分自己渐渐抽离,她静静地坐着，等待海浪把她带走。我知道那种感觉。我很清楚。

母亲是否也曾一个人在卧室里哭？我们是否都曾在海浪里迷失？是否曾在某条船上来回轻轻摇晃？也许我们比我想象的更加相似——这种想法既让我感到欣慰，又让我完全难以承受。

为外婆守灵几天之后，我们一家人，包括母亲的三个姐妹——达芙妮、布兰达和南希——来到圣玛丽圣公会的一个花园里，埋葬她的骨灰。

我记得当时我紧紧盯着牧师们的鞋子。他们穿的是防滑运动鞋，是运输安全局的人戴着蓝色橡胶手套搬运行李时才会穿的那种鞋，实在是过于随意了。在那之前，我从未想过牧师应该穿什么样的鞋，不应该穿什么样的鞋，但这种鞋显然不合时宜。褪色的黑色运动鞋不适合在处理骨灰盒时穿着，也不适合抚慰家属的悲伤。

我的目光从牧师的鞋移到了地上的坑中。它在我们到达之前就已经被挖好了，大小只能装得下一棵小树苗。但我们不是来植树的。牧师说了几句话，也做了简短的祷告，然后将外婆的骨灰倒进了小坑里。

骨灰从骨灰盒中倾倒而出，我听到了它落入坑里的声音。如果将一夸脱（约0.95公斤）面粉倒入一个大木碗中，也会发出这种声音。一缕灰飘了起来。这些，就是我的外婆。就像一棵大橡树被烧毁，倒进一个为树苗准备的坑里。我挽起了母亲的手臂。

我低头看了看我们的脚。我们又在晃脚了。这不是我们想要做的事情，而是不自觉在做的事情。它刻在我们心里，刻在我们的肌肉记忆中。

我们内心的某些东西知道该怎么做。这是一种说不出名字的无声的东西。

我感觉到我内心的某个地方在撕扯着我。

这就是我们共同的语言吗？我心想。

当我还是个小女孩的时候，每次外婆来访，我都会和她一起玩一个游戏。我会请母亲坐在她旁边，然后说，"请将手拿出来"。

她们知道游戏怎么玩。每个人都会伸出一只手，并排举起。我会将我的手放在母亲的手旁边，然后，我会挨个地捏我们的手指。我会捏住一点皮肤，尽可能轻轻地将其拉起，然后松开。我们会一起一边仔细观察皮肤是如何回弹的，一边"咯咯"地笑作一团。我年纪最小，皮肤弹性最大，很快便恢复如初。母亲手上的皮肤也会慢慢回弹。而外婆手上的皮肤大多数情况下都保持在那里——像一个小山丘，从她的指关节一直延伸到手腕。她不得不按摩一下，让像纸一样的皮肤暖和一点儿后才能恢复如初。

这个场景深深地刻在了我的脑海里。每次看到远处的山脊，我都会想起外婆的手。但我不知道这个记忆会持续多久。

我的外婆患有阿尔茨海默病。

我的母亲患有阿尔茨海默病。我就像森林里的一棵树苗，似乎固执得不想遗忘。

年轻时，我觉得自己与她们不一样，现在，我也不想像她们一样。我不想如同被种在这片土地上，扎根在焦土之中，然后在遗忘中被燃烧殆尽。但我此时颤抖着，充满了恐惧，害怕"其上如是，其下亦然"自己也会朝相同的方向发展。流经我族谱的水源正在污染着我的血脉——它流淌在我们的根里，一直流入我们的大脑和身躯。

想到自己身上延续着一种难以言喻的情感，一种最终会屈服的心理，我就感到恐惧。这是多么荒诞啊——我们几乎完全活在脑海所创造的安全感中。我想到我的基因中有着关于如何遗忘的记忆时，我内心的某些东西会变得沉默，变得麻木。我不知道它们是什么，也不知道如何将它们挖出来。所以我只能静静地坐着，目瞪口呆，将那些部分封闭起来。

三四十年还是没问题的吧？我心想。

我的身体生来就知道如何走路、如何说话以及如何从孩子蜕变成女人。身体里似乎有一个内置定时器。而关于如何遗忘的能力，也会以同样的方式在身体里工作吗？

我记得从乔伊·哈乔的《疯狂的勇敢》(*Crazy Brave*)中读到过一句话。"骨骼是有意识的，"她写道，"骨髓中有记忆。"这些话让我思绪万千。

什么时候会爆发？我在心里问。定时器设置在哪一天？遗忘功能哪一天会被激活？

在圣玛丽花园的那一刻，以及在那之后的许多时刻，我一直在思考记忆的收缩性，思考它何时会像我的母亲和外婆那样开始消退，我的人脑将如何以及从何处开始迷失。而且我担心，当我家的女人一个挨一个地全部排成一排时，我们将形成一座山脉——一座遗忘的山脉，形成一条抽象的山脊，清晰地贯穿在我家的族谱中。

一想到这个，我就饱受折磨。当一排的女人忘记自己时会发生什么？当她们不记得自己是谁时，女儿们应该回到谁的身边？那时，我们各自的母亲会是什么样子？在我们崩溃的时候，谁来扶我们一把？

感觉这就像一个诅咒，就像珀尔塞福涅永远消失在地狱，而得墨忒尔再也寻不到她的女儿了——命中注定我们都会迷失？血脉就注定会这样无法挽回？当我和母亲从温哥华飞往博兹曼时，这些问题一直萦绕在我心头。

我们乘坐的飞机直接飞越落基山脉，这是一道巨大的分界线，从不列颠哥伦比亚省和阿尔伯塔省一直延伸到爱达荷州、怀俄明州、蒙大拿州和更远的地方。当我坐在飞机上，凝视下方巨大的山脊时，我感到自然界的力量涌入了我的身体。

母亲在旁边的座位上打着盹，我心想，或许就是这样吧，深吸了一口气。也许这就是我的归宿。也许，如果母亲也将自己剥离，那么也许这也是她的归宿。

这并不是我第一次从大自然母亲那里寻求指导。过去，大自然曾多次成为我智慧的源泉，这种源泉真实而有力，随着时间的流逝，化为慰藉。置身大自然中最大的好处是真相会与你相遇，这也是真相最难以追寻的原因。同时，我对这次旅行充满期待，期待着大自然母亲再次给我启迪，希望我可以在落基山上（落基山绵延不绝，似乎可以将我们的过去、现在和未来联系起来）找到一些答案。或许答案就在这些巨大的褶皱之中，隐藏在山脉、湖泊、岩石、河流和溪流之中。

有那么一瞬间，这次旅行对我来说是有意义的——因为阿尔茨海默病将记忆中的语言全部带走了，没有留下只言片语，我们似乎有机会去学习一种新的语言，或者找到丢失的语言。我坚信，大自然母亲能够将我们俩都从海上带回岸边。

我关于自我剥离的所有疑问，以及我们如何找到并回归完整自我的不解，都暂时平息了。因为当根开始腐烂，如果有任何东西、任何人或任何地方会记住我们所有人——让我们所有的神经不再敏感——那么必定是大自然母亲。她一定是那个记得一切的人，就像外婆手上的皮肤一样。

蒙大拿州小镇普雷的祈祷

> 我们处理失败的方式比其他任何事情都更能塑造我们面对生活的能力。我们保护自己避免因为失败而受伤的方式可能是我们远离生活的方式。
>
> ——雷切尔·内奥米·雷曼（Rachel Naomi Remen）

6月6日，我和母亲抵达博兹曼。我们下了飞机，取了行李，走向租车柜台。

"我以前没做过这些事情。"当我们等待服务员把车钥匙递给我们时，母亲兴奋地说。

当然，这不是真的。但管它是不是事实呢！

那天晚上，我们住在一家小型爱彼迎酒店，吃着比萨，喝着啤酒，开怀大笑。那种感觉很真实。

但会一直这样吗？我想，当第二天她什么都不记得的时候，这是不是也会成为谎言？

第二天早晨，我们去小卖部买了燕麦片、鸡蛋、苹果和奶酪，喝了些咖啡和几罐金宝番茄米汤。母亲特别喜欢那个牌子的汤。这让人感觉很真实——但如果我没有提醒她，这还真实吗？

上午10点左右，我们开车离开博兹曼，在利文斯顿一个小镇的一家小书店稍作停留。我给外婆买了一张明信片，我旅行时常常会这样做。她已经离开将近六个月了，但我觉得无论如何我都必须买一张。

我想，这是真实的。但即便是当时，我并不确定。

我们沿着从蒙大拿州普雷镇（Pray）到黄石北入口的那条公路行驶，这条公路一直延伸到沸腾河（Boiling River），即天堂谷。几英里后，我看到母亲突然发病了。我知道她发病是因为我看到她咧开了嘴巴，失声痛哭。我们开车上路的那个早晨，她一路上都在哭。她心里的堤坝，一个我从不知道的堤坝，被冲破了。

你有没有去过一个让你着迷的地方？一个会散发出迷人火花的地方，这些散落的火花，穿过空气，会径直飞进你的血液里。我去过很多令我着迷的地方，但黄石国家公园最为神奇。

对我来说，这与野牛有关。它们看起来像是回应着人们的祈祷。就好比一个人在独自哭泣时，他请求上帝给他一些东西或让他遇到一个理解他的人，我想上帝会送给他一头野牛或一群野牛。在野牛的帮助下，他可以在风雨中奔跑，穿过乌云和倾盆大雨，穿过电闪雷鸣，跑向另一侧的晴空。我想，也许，这就是我这些年来一直在卧室里期待的事。我一直在祈祷，请求上帝将野牛送到我的身边。

它们在史前就已经出现了。通过牛蹄敲打地面的声音，我们仿佛可以听到或感受到周围一切的心跳，这种声音出自它们来的地方。

我每次看到野牛群，会马上回想到过去——就像受到了某种提醒一样，提醒我背负着什么，倚靠着什么。每次看到野牛，我都会想到，我不介意成为那个在风雨中奔跑的人。

那天早晨，母亲在路上大哭了一场。因此，我最终把车停在了一旁。

"妈妈？"我问道，"发生了什么？"

我很担心她是不是受了伤。

"您还好吗？"我继续说道，"您怎么哭了？"

我非常忐忑。不知道该做些什么，也不知道在那一刻，我该如何陪伴她或是谁应该陪伴她。

"妈妈?!"我又问了一遍。

她费了一番工夫才得以开口，但她小心翼翼地说了三个字：

"真漂亮。"

我突然平静了下来。我不知道这三个字可以释放一辈子的渴望。我拉着她的手坐回车上。我们凝视着窗外的山谷和四面八方拔地而起的群山。用安妮·迪拉德（Annie Dillard）的话来说，那是"一望无际的美景"。

移民峰和阿布萨罗卡岭向东延伸，加拉廷山脉向西延伸。我们就在中间的位置。这里如同一个摇篮，或者一个用河水和石头做成的子宫。尽管我看不到，但我知道在我们前方，冰雪正在消融。在山里的某个地方，雪也正在融化；大量水从山峰上倾泻而下，涌入溪流，汇入黄石河。我和母亲关系的缓和，也像冰雪消融一般，一开始会很痛苦，仿佛疼得指尖都会颤动起来。

"看，"她说，好像她的视线从来没有在河谷停留过，也没有在山上的某个地方停留，"看这大自然。"

简单的一句话就像咒语一般缠绕着我们整个旅程。

一边是我的母亲。一边是大自然母亲。这是母亲的天性。我分别见过它们，但我从来没有真正目睹过它们在一起是什么样子，也不知道是现在的样子。

母亲深深地吸了一口气，又长长地叹了口气。这预示着她准备好了继续前行。我看了一眼公路上的车，然后慢慢地将车驶上了马路。大约六七英里后，我感觉到母亲微微倚靠着我的右肩。

"我以前来过这里。"她低声说。

当然，这不是真的。但是我无法说出我的母亲到底是谁，哪些地方她去过，或哪些地方她没有去过。

关于母亲的许多事情，我都不知道答案，甚至许多关于她的问题，我也不理解。我所做的一切，我所做的每一个选择，都是为了极力证明我不需要母亲提供的任何信息。我迅速朝另一边挪了挪身体，我基于我们之间的差异建立起来的强大自我，我的整个生活——所有这一切，都印证了我潜意识想说的话：我不要成为母亲那样的人。

我曾多少次悄悄对我的朋友说诸如此类的话："天哪，我越来越像她了吗？不会吧？请不要让我变成母亲的样子。"我和姐姐曾翻了多少次白眼，然后说："停，这太像妈妈了，马上停住。"曾几何时，当人们说我长得像母亲，或者曾像过母亲，抑或让他们想起我的母亲时，我都提出了异议。

"真的吗？"我会问，"我怎么看不出来。"我根本不像母亲。这不是在说谎。我想不到我们之间有任何相似之处。

而这一切，是一种无意识但有力的自我拉扯。这种拒绝根深蒂固，以至于天衣无缝，甚至对我自己来说都是无形的。残忍地拒绝自己的某一面，以至于你真的再也看不到它了，这是多么神奇的事情。也许更加神秘的是，你甚至忘记了它的存在。

当我们开车穿过山谷的其他地方时，我意识到我从来不知道我母亲到底是谁。一个完整的、真正的她，是模糊的，稍纵即逝的。是不是因为她不想被人了解？抑或是我把她推开了？是不是因为她的一部分已经离我而去？是不是因为她自己也不了解完整的自己，因此无法通过口头或其他方式分享？我不知道。我不确定。有些事情很容易确定，而有些事情，像是一片泥泞。

许多人问过我关于我母亲和阿尔茨海默病的许多问

题,但有一个问题一直是被问得最多的。

"你怎么知道?"他们问,"我是说,你怎么确定的?"

他们提出这个问题的时候,语气并不好奇,也不是因为好奇才提出这个问题。

目前,美国有580万人患有阿尔茨海默病。根据阿尔茨海默病协会的数据,美国每65秒就有一个人患上这种疾病。

人们向我提出关于母亲的问题,但实际上他们并不是在提问,而是在乞求。人们在乞求一些不真实的事情。问题背后,我听到的是窃窃私语。

"亲爱的上帝,"我听到他说,"请不要让她患上这种病。请不要让他患上这种病。请不要让我们患上这种病。"

我知道所有这一切,因为我也是这么想的。

我不记得母亲怎么被诊断出了这种病,我不记得自己是通过一个沉重的来电还是一封带着悲伤的电子邮件收到了这个消息。显然,它发生过,常识告诉我是父亲告诉了我这个消息,但具体过程我不记得了。在我看来,2015年夏天的任何一天或一周,都不是我们家阿尔茨海默病故事中的重要标志性日期。我知道，这听起来有些麻木不仁——就像我怎么可能记得曾经我站过的确切位置，怎么可能记得当戴安娜王妃的死讯传出时，我的指尖在栗色裙子上轻轻画圈是什么感觉。但关于我得知母亲患上阿尔茨海默病的确切时刻，我确实回忆不起任何线索。

如果这确实是一个需要回答的问题，我对此的回答是——我已经知道了。

阿尔茨海默病并非凭空出现的，这不是一种像惊喜派对一样突然出现的疾病。发病是有迹象的。这是一个缓慢而持续渐进的过程。就像生活在我们厨房墙壁内某处的老鼠一家。当我们抓住第一只时就不必惊讶。那不是我宣布"我们家有老鼠"的那一刻。在捕鼠器发出第一次声响前几个月，我们就知道了。

这始于好奇。当时温度骤降，需要取暖，我打开恒温器大约一个小时后，闻到了一股可疑的味道。几周后，当我注意到厨房水槽后面的胶合板上有一个小洞时，我就想到了这一点。当我们在储藏室里发现了先前的主人放置的两个捕鼠器时，我就知道可能有老鼠。但在我将所有这一切串起来时，在我说出我知道真相之前，就已经进入冬天了。当我们回到家，看到垃圾桶附近有一小块黑色的粪便时（显然是住在水槽下面的那些老鼠干的），我说道："我们家有老鼠。"

几个月之后，看到老鼠屎，我才确定，才将真相称为真相。

母亲的阿尔茨海默病也是这样。确诊这件事本身并没有令我震惊或对我造成伤害。它和老鼠一样明显——证据无处不在。小的事实一个接一个地摆在我面前，恳求我像阿加莎·克里斯蒂小说中的马普尔小姐一样，讲述母亲大脑中缺失的东西。

我们所有人都忽视了很多证据，但发现这样的证据并不会令人感到高兴。我们常常忽略这些小线索，甚至反其道而行之，说服自己我们没有看到眼前的事物，我们杜撰了另外一个故事，告诉自己之所以看到这些迹象，是因为还有一些非常好的完全可以解释的原因。

"在家里就是要睁一只眼，闭一只眼。"作家奥马尔·阿卡德说。我的家庭就是这样。

"因为外婆，她压力很大。等外婆进了养老院，妈妈就会放松了。"

"看，她从来都不擅长记名字。给她点儿时间。"

045

"记得有一次,她在邮件主题那一行中输入了整封电子邮件,因为她不知道如何将光标移到邮件正文——她从未学会如何在计算机上发电子邮件,更不用说在手机上发电子邮件了。别管她。"

"她六十多岁了,当然会时不时地忘记一两个字。别管她。"

这些话的最后几个字——我是知道的。每当有什么事情浮出水面时,大家的反应就是"别管她"。

但事实是——我们并没有说"别管我妈妈",我们说的是"别管我"。我们说的是"我很害怕","我不希望这是真的","如果是这样,我无法应对"。我们在乞求:"请不要让她患上这种病。请不要这样。"

当你周围的每个人都在说他们很害怕时,虽然是以某种隐晦的方式,但很可能会出现可怕的事情。当你周围的每个人都在乞求时,虽然他们以回避或提问的方式掩饰,但很可能已经知道可怕的事情是什么了。

当母亲感觉到她形成了某种性格时,她已经三十二岁了。当她确定或知道这就在她的骨子里的时候,她已经三十三岁了。

我三十二岁时,才感觉到母亲正在渐渐离我而去,才感觉到她脑海中的记忆正一点一点地流失。我三十三岁时，才从骨子里确认这种想法。

要问我是怎么知道的——他们会搓着面包渣儿，从中可以看出他们知道她忘记了一些词语，忘记了一些名字，知道她随时可能变得愤怒。他们谈论她健忘，总是重复着什么，需要不断提醒。他们说，"她现在说的是她以前永远不会说的话"。"昨天，她望着路灯，困惑不解。"当他们告诉我所有证据时，我知道他们其实早就知道了。在内心的某个地方，他们知道真相。骨子里早就已经知道的事实，却还在绞尽脑汁寻找答案——他们来回摇摆，不知道如何确定，不希望事实是真的。

当我们等待大脑赶上来时，会发生很多事情。从我们闻到老鼠的味道，到我们说"这里有老鼠，就住在墙里面"之间，会发生很多事情。

很小的时候，我就明白不应该说实话。我的意思是，不应该撒谎……但是，不要说实话。不要对你认为可能是事实的事情发表意见。哦，还有，甚至不要提建议。最好是这样：他们说什么，听着就好，不要多说话，也不要与他们对着干。这样，更"讨人喜欢"。

我无法将我所知道的关于我母亲的事情藏在心里。我没有遗传到足够的隐忍能力，将自己的想法藏在心里。我无法说一套，做一套。我做不到。一开始我就做得不好。

所以我做了许多家人默默地称之为"越界"的事情。我曾求助过父亲，也曾求助过母亲。我把收集到的线索、零零碎碎的事情以及周围能收集到的所有证据小心翼翼地摆在他们面前。然而，他们两人都对此视而不见——这些事情令人不忍直视。

我又跑到姐姐旁边，把看到的一切都摆在她面前。

"看，"我说，"你看到这些了吗？告诉我你也看到了。"

她顿了顿。这个时间足以让我外婆手上的皮肤恢复原状。

"是的，"她说，"我看到了。一年前我就看到了。"

我站在那里，但内心已经崩溃。

我姐姐也曾一个人在卧室里哭吗？

这没有起到任何安慰作用，却令人难以忍受。

我们家所有的女人都把事情藏在自己心里而避开别

人吗？还有什么是我们知道但不说出口的？还有什么是我们感觉到了但没有说出口的？难道我们所有人，每一个人，都将自己剥离，将悲伤和恐惧的声音淹没在了退去的情感的潮水中吗？我们是否都在因为羞耻而掩盖我们哭泣的声音？

自从母亲确诊以来，我一直被一种想法困扰，即外婆的某些遗传基因烙印在了母亲身上，我出生时，也烙印在了我身上。就像我周围的其他女性——我的姨妈、姐姐、表姐妹和外甥女一样，我也注定会被大脑中的某些缝隙、凹坑吞噬。

但现在，这一切似乎都不重要了。对遗传遗忘体质的巨大恐惧已经被搁置在了一边，取而代之的是我害怕我们可能已经变得空洞了，我们所有人，一代又一代，可能已经学会了将自己剥离，从愤怒的神圣性，从我们是谁的真相中剥离。

因为如果你一开始就记不得完整的感觉，那么忘记自己又有什么关系呢？如果我们唯一知道的是如何离去，谁能教会我们如何回归自我？在进行了一生的自我剥离之后，我们怎么能期望重新回归一个完整的自我呢？

这不是要找出阿尔茨海默病的根源，看看它们可能是在哪里以及如何与我产生联系，而是要检查我们生命根植于其中的土壤。

我想知道我们的骨髓中是否有一种独特的东西，可以决定我们的余生。如果这种东西深入骨髓，我们的女儿们是否也会依靠它来塑造余生？在那之后我和姐姐又花了一年时间说服父亲带母亲去看医生。让他带着她是因为那时她的病情已经不允许她自行就医了。我们等了这么久。我们一家人都抱着母亲——反复尝试，试图找到一种方法，从无意识的绝望转变为有意识的悲伤，试图弄清楚如何用语言来表达我们曾经的这些感觉，但最终无言以对。

它教会了我乞求和祈祷之间的区别。

当你感觉到可怕的事情是真的时，你会乞求。当你开车穿过河谷时，你会祈祷，试图找到一种方法将所有的恐惧变成某种安全感。

善意的谎言

第一天午餐后,我们在加德纳的一家便利店稍作停留,这是黄石国家公园边界附近的一家户外用品店。我在博兹曼的便利店忘记买奶油了,另外,我们还需要冰块和一两捆柴火。

打开商店的门,头顶传来一阵小铃铛的叮当声。我们走了进去,当我环顾四周寻找方向时,我感觉到母亲突然挽起了我的手臂。我们沿着过道走向乳制品区,当母亲扫视货架时,她尖叫了起来。

"哦!"她说,"这里也卖酒!"

加拿大的便利店不卖高度酒。

"我想看看他们是否有我喜欢的那种饮料。"她继续说道。

她停顿了片刻,转向我。

"我喜欢的那种饮料是什么来着?"她问道。

"是格雷瓦,妈妈。你喜欢的是格雷瓦。"

所有这一切都让我有点吃惊,因为母亲并不喜欢饮酒。父亲时不时会给她倒一两盎司格雷瓦——一种甜威士忌酒,或者一杯普罗赛克。记忆中,母亲曾在婚礼或其他特殊场合饮过少许酒——葬礼上分发的免费酒品令她不禁潸然,肩膀微耸,眉毛微皱——但话虽如此,我从未见她喝醉过。

然而,自从她确诊以来,睡前喝一两杯已经成了一种无伤大雅的习惯。我不知道为什么她喝得越来越多。也许喝醉了就麻木了。也许这是一生拘谨后的放松。也许根本没有理由。

"你确定吗?"她问我。

"是的,"我回答道,"但……"

我停了下来。我知道在便利店不太可能找到格雷瓦,但我觉得可以找到不错的替代品。我环顾四周,看到了一排排百威淡啤,然后才看到一个小区域,装满了杰克·丹尼威士忌(Jack Daniel's)、火龙威士忌(Fireball)和各种类型的百加得朗姆酒(Bacardi)。

"我觉得这里没有格雷瓦,妈妈。"

"好吧，我们看看吧，"她边说边开始在货架上翻找，非常急切。

她一边走一边随机拿起几瓶酒，在过道中走来走去。"是这个吗？"她会问。

"不是，不是那个。"我会说。

"那这个呢？你确定不是刚刚那个吗？我看那个很眼熟。"

"不，不是那个。"

在我发现一个装满百利酒（Bailey）的架子之前，母亲肯定已经拿过大约九到十瓶酒了。不是格雷瓦，而是她喜欢的，我知道她会喜欢那些。

"这个，妈妈！在这里。"

"你确定吗？"她问道，"看起来不像。"

"就是这个。"我一边坚定地说，一边把瓶子放进了购物车。

我不想再玩这种猜谜游戏了。我也不想停下来解释这是一家小型便利店，而不是加拿大的那种全酒类商店，所以不可能有格雷瓦。我不想回答有关格雷瓦的问题。我也不想回答关于货架上成百上千瓶酒的问题。我不想向她解释百利酒是什么。它不是格雷瓦，但她曾喝过多次。她非常喜欢加了冰块的百利酒，这就是我们需要冰的原因……所以我们可以把瓶子放进购物车去买冰块了。我不想慢吞吞的。我不想像一个母亲照顾孩子一样照顾我自己的母亲。

我走到大冰柜前。她跟着我。当我拿起几袋冰块时，她静静地站在我身后。当我把它们放进购物车时，她静静地等着。当我们走向柴火时，她也紧紧跟在我身后。一到那里，她就从购物车里拿出了一瓶百利酒。

"你怎么知道是这个？"她问道，声音里夹杂着怀疑和沮丧。

"我就知道。"我说着便从她手中夺过瓶子，放回了购物车。

她没有说话，但她知道我说的并非都是实话。

这什么时候成为常态了？我心想。撒小谎，善意的谎言，就好像我抓着一小把羊毛遮住母亲的眼睛，所有这些都是为了让我可以把事情做得快一点儿，更容易一点。我以为这无伤大雅。我以为她不会注意到。但她还是注意到了。

对患有阿尔茨海默病或其他精神错乱疾病的人撒谎是相当普遍的事情。一开始，当他们把事情搞混或感到困惑时，你的第一反应是纠正他们。

"不，妈妈。我们现在不在温哥华，我们在蒙大拿。"

"不，妈妈。我们并不是昨天坐的飞机，而是本周早些时候。"

但这些更正通常会导致小分歧。这些短暂的拉扯会令人沮丧，而且几乎总是以混乱告终，例如，我试图让她相信我所说的与现实相符的信息，但这总是与她那些信誓旦旦的说辞相悖。

人们很快就学会了撒小谎，扭曲现实，以适应病患的需求。我发现这很容易。这并不违背我前面所说的"说实话"，也就是听着就好，不提出异议，不多言，这样做恰到好处。

"你已经很久没有露营了。很久了，真的。"在我们前一天晚上露营之后，她说。

"我知道。不好吃吗？这是燕麦片。"在她声称她这辈子从来没有尝过这样的东西之后，我说道。

"是的。你说得对。我想，你是在学校认识的那个女人。"我们在博兹曼机场遇到了一个比她小30岁的陌生人时，她说道。

但也有更大的谎言，更有分量的谎言，感觉像是大大违背了真理。

"是的。姐妹！只有两姐妹的露营旅行。"

"哦，你不必担心你的孩子。他们和布赖恩一起待在家里。我敢打赌他们现在正在后院玩。"

要撒这些谎，同时我也要对自己撒谎。这使我不得不否认更多事情，比如我自己的感受和我的身份。这也相对容易，因为某种真切的实用意识已经融入了我的遗传体质中。言语，即使是只言片语或八竿子打不着的话，往往比行动更响亮，比空气中的能量更响亮。

从小时候，我就记得我可以强烈地感受到他人的情绪，即便我说不出那到底是什么情绪。但是当我问起，当我想确认自己感受到的是不是真相时，我得到的答案几乎都是否定的。这是所有谎言中最具欺骗性和最令人困惑的——一种情感上的诡计，一个关于你的身体如何欺骗你的经验。

"您伤心吗？"当我感觉到一个人的心里像水龙头在慢慢滴水时，我会问。

"不，"他们会说，"我为什么要伤心？"

"您生气吗？"当我察觉到母亲内心的紧绷，仿佛她内心一扇敞开的门突然变成了一条窄窄的通道时,我会喃喃问道。

"不,"她会实事求是地说,"我只是想确保在我们离开之前把车收拾好。"

"爸爸?"当我看着他把公文包放在地板上,而里面装满了砖块时,我会问,"是不是发生了什么不好的事情?"

"一切都很好,斯蒂芬。"他会一边慢慢地走上楼一边说。

当他们告诉你世界如何运作时,你所要做的就是相信他们。当他们告诉你他们是谁,以及他们的所见所感时,你所要做的就是毫无异议。

我是一个巴甫洛夫式的孩子。随着时间的推移,我学会了直接忽略来自身体的暗示,进而直接忽略我的整个身体。失去了对世界的本能感知,以及建立在这些感知之上的个性。具有讽刺意味的是,这是使事情变得有意义的唯一方式。我放弃了感知,转而走进了思考的世界,抛弃情感,以换取理智。

一切都是为了让世界可以通畅一点,让事情简单一点。一切都是为了让事情变得有意义。对我来说,撒小

谎很容易 —— 这只是对我已经学到的东西进行的延伸。

结账处有一条等待的线。在等待的时候，我看到母亲检查着购物车里的东西。过了一会儿，她看向我，皱起了眉头。

"这不是我们的，"她指着那瓶百利酒说，"你确定这是我们的？"

慢慢地，一边忍受着一些事，一边拉住他们的手，直到他们弄明白这些事，但你深知他们可能永远都弄不明白，这很难。因为阿尔茨海默病，事情变得更加困难，因为你知道他们要"弄明白"的是他们曾经根本不可能忘记的事情。了解这种疾病的真相令人痛苦。正如玛丽·豪威（Marie Howe）所说："活着很痛苦。"

我不是想用羊毛捂住母亲的眼睛，而是想用羊毛捂住我的眼睛。因为她的一切，所有的一切，都变得如此难以忍受。我并没有试图让母亲过得更容易一些，我只是想让自己过得更容易一些。我试着让事情进行得快一点儿。但并不知道不适只是刚刚开始，也不知道愤怒能这么快扫清回家的路。

我忽略了身体告诉我的东西 —— 当我说谎时，母亲能感觉到——我告诉自己，因为这样对她来说会更容易。我撒了谎。对我们俩都撒了谎。

"您说得对，"我说，"这不是我们的。但我买它送人。"

"哦，"她说，"那很好。我们要见谁吗？"

我点点头，付了钱。当我们走出门时，铃声再次响起。

开了不到一英里，我们就下车了。

"为什么要停下来？"她问道。

"因为我想拍张照片，"我说道，"快点过来，站在这里。"

我们到达了罗斯福拱门，也就是黄石国家公园的北入口。

虽说黄石国家公园是公有的，但你必须持有一种叫作游客通行证的东西才能进去。1872年，尤里西斯·S.格兰特总统签署法令，该公园得以成立，但早在数千年前，很多美洲土著部落就已经生活在这片土地上了，他们是当代黑足人（Blackfeet）、卡育斯人（Cayuse）、科达伦人（Coeur d'Alene）、内兹佩尔塞人（NezPerce）、肖肖尼人（Shoshone）、乌马蒂拉人（Umatilla）的祖先。罗斯福拱门所在的位置曾是并且现在仍然是夏延人（Cheyenne）和克劳人（Crow）的领地。

从拱门出发，我和母亲开车穿过公园的大门，朝峡谷村方向行驶。在搭建帐篷之前，我们有足够的时间徒步旅行，我觉得黄石大峡谷周围的景致会很棒。我们选择了下瀑布边缘小径，这是一条通往观景台的"Z"形陡峭小径，在那里可以看到水花，听到瀑布的轰鸣声，还可以看到红石。这是一条一英里半的木栈道，可以深入峡谷腹地。

停车场非常拥挤，小路也堵了。整个徒步旅行感觉就像一场游行。虽然景色令人叹为观止，但并不像荒野，感觉就像一个旅游景点或者游乐园一样——只有熊（如果我们能见到它们）才是真实的。只是过山车被一排排汽车取代。

走到顶峰时，我们喘着气，在喷泉旁停下来，将瓶子装满水。母亲问我卫生间在哪里，我指了指停车场附近的一个地方。那里排起了长长的队。

"我等等就好，"母亲说，"也许某个地方会有一个小灌木丛。"

看来我们俩都想开车远离人群。我们原路返回，找到了一个非常安静的带厕所的地方，然后，大约四十分钟后，我们沿着一条陡峭蜿蜒的路向上走，走向我们的营地。一条路接着一条路，最后我们离开了人行道，走上了一条单行的碎石路。几英里后，我们稍微向左转，最后到达公园外的一个小山丘。接下来的几天，我们住在这里——拥有令人叹为观止的山艾树，且远离人群。

我们付了钱，挑了一块平坦的草地，这里闻起来像是在松树和野迷迭香的香味里浸过。马路对面有一条小溪，水声潺潺，似乎在与沿岸的一排白杨树窃窃私语。我们坐在指定的野餐桌旁，听着水声。一股暖风从南方吹来，白杨的芬芳掺杂着灰尘扑面而来。

"我们要在这里做什么？"母亲一边扫视着这片区域一边问道。

"我们要睡在这里。"我回答道。

她再次扫视了这片区域。

"这里？!"她问道。"可是这里没有房子，也没有床。"

我指着远处其他的人，提醒她我们要露营。

"像他们一样。"我指着他们的帐篷说。

"我们也有帐篷吗？"她问道。

我点点头,打开后备厢,取出帐篷。

"您会帮我搭帐篷吗?"我问道。

她走到我身边,伸出手来帮忙,但我可以看出她很担心我们要怎么把我手中的尼龙袋变成帐篷。

我告诉她打开袋子,把所有东西都放在地上。她照着我的话,慢慢地检查每件东西 —— 帐篷、防雨罩、地垫、木桩和杆子。她看了看其他营地,又看了看她面前的一堆东西,抬头看着我,很担心。

"我们从地垫开始吧。"我一边说着,一边把它从小袋子里拿出来。

母亲被接下来的事物弄得晕头转向。我将垫子抖开,铺在地上,将杆子"咔哒"一声插好。接下来还有一系列的动作 —— 滑进去、拉紧、往里推、拉上拉链。帐篷搭好后,她站在帐篷前,喜不自胜。我又将睡垫和睡袋放进了帐篷,为了将她从惊讶的边缘拉回来,我教她怎么将夹克做成枕头。

她对我们的手艺非常满意。但过了一会儿,她忘记了一切,坐在了我们营地边缘的餐桌旁。

"该睡觉了吗?"她问道,低头看了看手表,指望着手表告诉她接下来该做什么。

刚过了五点。天还亮着呢。

"您累了吗?"我问。

"不,"她说,"不怎么累。但我们现在要做什么呢?"

"嗯,"我想了想,"我们做晚饭吧。或者可以喝一杯?"

"我们有酒!"她欢呼道。

我走到车前,从冷藏箱里拿出一瓶百利酒。

"这儿……"我一边说,一边把瓶子递给了她,我又往前靠去取杯子,"拿着这个。"

几秒后,我手里拿着杯子转过身,忍不住笑了起来。我的母亲,那个不喝酒的人,那个教会我餐桌礼仪,令我直到今天都备受称赞的人,竟然直接对着瓶口喝起了百利酒。

"妈妈!"我笑着说,"要杯子吗?"

"噗,我不在乎,"她放下瓶子后说,"我脸皮很厚的,你知道的。你认为你从哪里遗传的厚脸皮?从我这里啊。"

人们说患有各种精神错乱疾病(包括阿尔茨海默病)的人都会丢掉他们的心理包袱。显然,我那爱喝百利酒的母亲便是如此。

我很好奇我还能发现什么。我很好奇她还会说什么。

我拿出炉子，做了一顿冻干的旅行餐——三文鱼意大利面配香蒜酱。我们就坐在露营椅上，一边看着天空从明亮的蔚蓝色变为泛着金边的紫色，一边吃着饭。我将餐具清洗、擦干后，把所有东西都放回了车里，然后拿出照明灯，等天黑后用。当我回来时，我发现母亲正在与一只蚊子进行热烈的交谈。

蚊子叮了她的腿。"你再来我就拍死你！"她警告说。

我轻轻拍了拍她的腿，把蚊子打死了。

"哦，"她松了口气，"谢谢。它们咬得我浑身痒痒。"

我的脑海里突然闪过一幕幕画面：在湖边的那几个夏日，傍晚，太阳落山时，母亲拍打着我的小胳膊小腿，为我驱赶着蚊虫。妈妈用手捂住了我的眼睛。"闭上嘴。"她一边说，一边给我喷驱蚊喷雾。母亲用一条大沙滩巾把我包起来，抱到她的腿上，教我怎么用手指甲在蚊虫咬的包上画小小的"x"。"这比抓挠要好，"

她会说"如果你抓它,它会更痒。只需画个'x',然后就别管它了。"

"在这里,"我跪在她身边的草地上说,"画个'x'。"

我把指甲按在她的皮肤上,就在蚊子叮咬的包上。

"画一条线,"我一边说一边开始画线,"再画另一条线。"

"哦,感觉好些了。"她说。

她抓着我的手,看着我的眼睛。

"你从哪里学来的?"她问道。

我回头看着她。

"我妈妈教我的。"我说。

"好妈妈,"她回答道,"她真是个好妈妈。"

那一刻,我想知道她觉得我是谁。某个熟悉的女人?某个跪在草地上的好心的陌生人?某个了解蚊子,并且知道在好母亲身边长大是什么感觉的路人?

二十分钟后,我为母亲塞了塞被角。在深蓝色的天空下,她很快睡着了。没多久,我也睡着了。

第二天早晨,我醒来的时候,母亲还在熟睡。她看起来很平静。我尽可能悄悄地爬出帐篷，冒着蒙大拿州的寒气煮着咖啡和鸡蛋。当水沸腾后，我坐起来，看着太阳从山上升起，看到草地上的露水慢慢变成了雾气——一层柔软的雾气在地面升腾起来。我小口喝着清晨的第一杯咖啡，看着夜晚的余烬在我眼前慢慢蒸发——或者，我看到的是白天是怎样出现的。经过很难描述。但无论如何，我很高兴看到了它。

"奉献始于关注，"玛丽·奥利弗（Mary Oliver）在她最后的论文集中写道。

大约三十分钟后，我听到了拉链的声音，看到母亲从亮橙色的帐篷翻盖后探出了头。她向左边看去，审视着眼前的世界，然后停下来，把头转向了右边。她脸上带着好奇的神色，告诉我她不知道自己在哪里。她的短发在后面竖了起来，母亲清晨起床后一向如此，这也表明她昨晚睡得很好。

"早上好，妈妈。"我坐在露营椅上说。

"啊，早上好！"她发现是我时说，"是你。我们现在在哪？"

"我想我们在天堂。"

我在说谎吗？我并不这么认为，但我不能确定。

我看着母亲穿上跑鞋，站起身来，环顾四周。

"我也这么认为，"她回答道，"我在天堂穿着睡衣！"

我递给她一个大大的金属马克杯，里面装着满满的热腾腾的燕麦片，并告诉了她当天的计划。

"我们要去骑马，"我说，"大约半小时后我们就出发。"

"离开天堂吗？"她认真地问。

"只是暂时的。"我说。

"我需要带着钱包吗？"她边问边四下查看，"我的钱包呢？"

千里荒野

当我们抵达黄石国家公园北入口附近的马栏时，我们遇到了导游大卫——他来自佐治亚州，肌肉发达，人很和善，长得就像年轻时的布拉德·皮特。大卫操着一口浓重的南方口音，穿着牧马人的鞋子，套着精美的皮裤。很快，我们便证实了……我们没有离开天堂。

我和母亲走向人群，那里已经有八个人在等着我们了。大卫和另一位导游一起向我们讲解了安全须知。中途，母亲靠在我身上，脸上是眉开眼笑的神情。这说明，母亲也喜欢大卫。

我们要出去骑几个小时的马。骑着马去黄石的偏远地区。

"最重要的事，"大卫说，"就是记住您的马的名字。"

如果我们在骑行时需要帮助,我们需要大声呼喊马儿的名字,以提醒其中任何一位向导。

"夏天,旅客非常多。很难记住所有人的名字,所以我们只记马儿的名字。"

所有人都点了点头。我也点了点头,然后看向母亲,她也在点头。但我知道她根本记不住。她记不住安全须知里的任何内容,也记不住她的马儿的名字。当我们从人群走到马匹所在的大围栏时,我把大卫拉到一边。

"大卫……嗯……借一步说话?"

我说得有点磕磕绊绊,但这不是因为大卫,而是因为我不知道该说什么或怎么说。

"是这样的……我妈妈记忆力有些问题。"我说。

我家里没有人会大声使用"阿尔茨海默病"这个词。我哥哥曾因为我说出这个词而责骂我。我想,这是因为我说出了事实 —— 而我<u>不应该</u>说实话。我的意思是,不应该撒谎……但也不要说实话。这对大卫来说会更容易理解。

我继续说:"只是,她不会记得,她肯定记不住她的马儿的名字。"

"不用担心，"大卫说，"我会让您跟在她身后。您骑着威尔，她骑着利普。您记得住吧？"

"我记得住。"

"她叫什么名字？我指的是您的妈妈。"

"我妈妈叫希拉。"

"嗯，"他说着，戴上了一副破旧的皮手套，"我们两个的问题已经解决了，不是吗？"

我点了头。我喜欢佐治亚州的大卫。

就在我们离开之前，母亲站在她的马儿前，我为她拍了一张照片。这是我最喜欢的照片之一。她穿着大红的牛仔裤和一件薄薄的白色棉衫，戴着黑色墨镜和白色球帽。她的站姿也别具一格——右侧臀部微微突出，左肩上翘，带着一丝腼腆和挑衅凝视着这匹马。她的左手高高举起，搭在马头上，好像在等待马儿亲吻她的指尖。这个动作像是在跟马儿玩闹。我从未见过这样的母亲。

看到那张照片可以知道，在那一刻她没有晃着脚。

骑上马后，我们慢慢地穿过畜栏，穿过主干道，来到黄石河谷草原上的一条小道，一条久踩成径的小道。我们沿着起伏的地形平稳地骑了大约20分钟，这时，大卫举起了手——示意我们停下来。他示意我们尽可能地集中在一起，听他说几点注意事项。第一个是大环路沿线的一系列"小点"——一辆接着一辆在长达250英里（约402千米）的黄石公园的马路上疾驰的汽车。

"从这里看像一条蛇，是吧？"

我们点了点头。我们都喜欢这位佐治亚州的大卫。

"你们就是那百分之一，"他说，"黄石公园每年接待大约400万名游客，其中只有约1%的游客走这条路，其他的人走的都是主要景点附近修建的15英里（约24千米）木栈道。

"等等，什么?!"一个声音从一群骑手中传来。这是我的声音。

我看过宣传册。黄石公园有1000英里的偏远小径。根据大卫所说，这意味着有396万名游客挤在15英里长的木栈道上。他们不愿意冒险进入荒野，反而更愿意从远处观望，也许观望和置身其中对我们的要求不同，尤其是在荒野。

"女士，"大卫回答道，"我知道，这里风景优美。但大多数人永远也不会知道。"

说完，大卫掀了掀帽子，驱赶着他的马上前。我们都跟着，但我始终无法忘记这个统计数据。我们的想法都源于我们走过的路。站在特定的柏油马路上，等着看壮观的景观，享受目之所及的风景，无须主动投身其中。

我的思绪几乎立刻转向了我的母亲。她的人生有多少条轨迹？我走过其中多少条？我是否去过她心里那些偏远的地方？她内心的荒野她自己是否去过那里？但我急切地想去看看，想进一步了解她。

而我自己呢？人们鼓励我们这一代女孩在世界上打拼，勇敢地朝着我们选择的方向奔跑。但当我们在河谷的干草丛中漫步时，我不禁想似乎缺失了什么，我好像哪里出错了：我勇敢地朝着我选择的方向奔跑。很多次都是如此。但我并不确定我是否带上了完整的自己。

就在这时，一股清香飘来。我似乎能感觉到它从我的肩上擦过，轻抚着我的脸颊。那是一种我喜欢的气味，一种我熟悉的气味——像是在远处的某个地方，雨点洒在了炎热的路面上。但这是不同的。我闻到了泥土的气息。这是雨后泥土的清香——在远处的某个地方，雨点洒在了炎热的泥土上。

我抬头仰望着天空，当第一滴饱满的雨滴落下，从我的脸颊滑落时，我似乎找到了一个答案，获得了一种顿悟：人们曾鼓励我在这个世界上打拼，但从来没有人鼓励我在自己心里占据一席之地。我知道脚下的木栈道，但我并不知道心里的木栈道。我深知如何利用外在的力量，但我完全不熟悉自己内心的力量，我的内心是一片荒野。

人们教导我向各个方向奔跑，但从没有人教导我向着自己的方向狂奔。我总是应该奔向别的东西，奔向另一个人。

我看着前面的母亲。她那薄薄的白衫已经被这温暖的雨水浸湿了。只过了片刻，一切都变得清晰了——我的思想、贴在她布满斑点的皮肤上的衬衫以及我们之间的联系。

就在那一刻，我的脑海中涌现出一连串的画面——所有的画面都是母亲外在的样子，却不知何故切断了她内心的踪迹。她很年轻——我脑海中的她——十八九岁的样子，她的皮肤光滑紧致，面庞圆润。

这些画面让我清晰地看到母亲也剥离了自己，或者至少剥离了她的一部分。她锁上了很多扇心门。那是在

1966年，在她十几岁的时候，在我大哥出生之前的几个月以及后来的时间里。对我来说，这感觉就像她隐忍的根源。

坐在马上，我感觉到我的手开始颤抖。这说明她的隐忍与我的隐忍也密切相关。

我们的马队停了下来，所有的骑手，包括我和母亲都抬头看着天空。大雨倾盆而下，我们浑身都湿透了，但在那个山谷中，滂沱的大雨填满了我们的空虚。我们所有人——带着自己不曾知道的渴望——从紧张中解脱了出来。随即，雨便停了，这雨来得快，去得也快。它的一点一滴——云、气味、每一滴雨水——都朝着一个方向移动。大自然告诉我们，一切皆有可能。

"这下，野牛们就可以在泥浆里打滚了。"大卫说着回到了原来的小径上。

骑了一会儿，我们看到大卫再次举起了手。他示意我们慢慢转弯，但我们停了下来。

"这里真是讨厌，"他说，"慢慢走，稳一点儿，女士们先生们，慢慢走，稳一点儿。"

一群野牛就站在我们面前的灌木丛中。它们离我们的小径尚有一段距离，但也不远，大卫提醒我们谨慎一些。我们蹒跚前行，我边走边凝视着这些野牛，目光始终无法从这些动物身上移开。平原上散布着五十多头野牛——有的小，有的大，有的特别大。还有几头是小野牛，高高的，瘦瘦的。

对我来说，这似乎是一大群，但大卫告诉我们，与过去规模浩大的野牛群相比，这些根本不值一提。

"黄石公园里目前大约还有五千头野牛，"他说，"但在四五百年前，有数百万头。这些牲畜……几乎都死了。在世纪之交，黄石公园里仅剩下了大约二十头野牛。为什么？这是一场灾难，也是一个奇迹。"

这些动物几乎都已经灭绝了。它们几乎都死去了，也几乎被遗忘了。在最后关头，人们想起了什么。有人开始保护幸存的野牛。对于这些黄石公园的野牛而言，在这片平原上所经历的无异于复活。

我盯着牛群，仿佛看到了古老的眼睛。我瞬间理清了头绪。它们知道我们以前不知道的事情。它们知道我们现在不知道的事情。当一种生物濒临灭绝时，它们的眼睛是定住的，它们会在这个过程中学到一些东西。一遇到它们，我就知道它们比我们聪慧，比我们强大。

要让我觉得我比它们强大，那么只能是我的内心有一口井，里面是没有说出口的、不了了之的、未经处理的愤怒。

看到它们，听到它们的呼吸，经过它们时感觉空气都是静止的，很明显——它们承载了我们没有的东西，它们在难以言喻的环境中幸存下来，它们的血液中流淌的是牺牲。它们不需要言语就能知道自己的渴望，它们渴望在一种只属于自己的荒野中勇敢地奔跑，在这片偏远的地区嘶吼。野牛会适应环境，它们会想办法让自己获得自由。它们以前做到了，将来也会再次做到。

黑足人有一个离奇的传说，说的是他们在狩猎之前是如何向野牛致敬的。这个传说讲述了一个著名仪式的起源，时至今日，黑足人仍然以这种仪式来表达对野牛所做牺牲的崇敬和尊重。其中的一道关键程序是舞蹈，即黑足人的野牛舞。他们的舞蹈似乎是重现野牛复活的精神。

我想为母亲舞蹈。我想为她流逝的每一天舞蹈。为了我只能短暂抓住的事或人，为了她丢失的每一个记忆、做过的每一次牺牲而舞蹈。

一位好友最近给我写了一封简短的信，因为我正在逐渐失去我的母亲而安慰我。

"斯蒂芬,"她说,"一个人在生命停止前,在自己的脑海中永远消失,这个过程中的每一天难道不都是一次复活吗?"

母亲就好比一头野牛。她是在献礼。她的生活既是一种毁灭,也是一种奇迹。

我看向母亲,她正看着牛群——并不是充满敬畏地看着它们,而是以一种了然的神情看着它们。他们在无声地交流。我感觉到他们之间的窃窃私语抚过了我的肌肤。

我想知道他们知道的是什么,说不出口的又是什么。我想学习这门语言,翻译在草地上、在黄石平原上的洞穴中母亲和野牛之间分享的所有信息。在那一刻,我发誓,野牛正在告诉她如何脱离表象,在她自己内心的偏远地区嘶吼,她要做出一些牺牲才能再次拯救自己。

那天,下马后,我们走到车上,我感到体内有一股强烈的冲动。有什么东西在告诉我要继续走,一直走,一直走,走到母亲内心深处那片千里荒野,并让它把我带到我内心深处的千里荒野。我要勇敢地朝那个方向奔跑。抵达后,我要跳舞。

打开车门，我擦了擦脸上的泪水。

但我对倾听我内心声音的人说过：我害怕。我害怕当我到达那里时，她会离开。

我非常害怕，以至于我错过了真正看懂母亲、了解母亲的机会。我害怕我永远没有机会用这些信息来解开自己内心的锁，也没法看懂自己，了解自己。我害怕我们俩都会不知何故就迷了路。

一个声音从风中传来：无论如何，她都会离开。它回答道。至少，这样才有复活的机会。

母亲的内心深处有一个谜。在那一刻，我确信我有责任将这个谜挖掘出来，哪怕冒险选择这条路，从河流的源头到山谷谷底也要发现她内心深处的千里荒野。

兜兜转转，回到原点

我们在机场买了一本涂色书，此时，母亲正微微弯着腰，坐在营地的餐桌旁，聚精会神地涂着颜色。她骑马时穿的红色牛仔裤已经有点儿脏了，白色棉衫前面还有一个淡绿色的污渍 —— 昨晚的晚餐溅出来的汤汁。

当我问她昨天过得怎么样时，她低头看了看自己的衣服，似乎与意识相比，衣服能更好地说明一切。

"很好，"她说，"但我骑自行车时弄脏了衣服。"

我们并没有骑自行车。

"我也喜欢我的午餐！"她一边查看棉衫上的污渍，一边补充道。几秒钟后，她又沉浸在涂色书中了。

我不知道母亲是否正越走越远，还是正回归自我。也许两者兼而有之。患上这种病后，一切皆无定论。也许她正失去一些东西，也得到了一些东西。也许这就是慢慢走向消亡的样子。也许，我们只有慢下来，才能看到真正的生命力——这是一个无限循环，我们走进某个事物，也在从另一个事物中走出来。母亲便是一根以这种方式运动的螺旋带。

我走到餐桌的另一边，开始做晚饭。中途，感觉起风了。我看到野营炉上的火苗在一锅汤底下跳动着。我们吃完饭，洗干净餐具后，光线变暗了，温度也降了下来。这很突然。我以为是有一两朵云压了下来，阴影笼罩。但抬起头，我没有看到一朵云，整个天空都黑压压的。我立即开始把东西装进后备厢。

"把涂色书收起来吧，"我对母亲说道，"看来又要下雨了。"

我将不需要的或不想弄湿的所有东西都放好盖了起来，尽快洗漱，然后和母亲一起爬进了帐篷。我教她如何脱下衣服，穿上睡衣——昨晚，刚刚教过她——然后拉上了她亮粉色睡袋的拉链。但下雨前，她就已经睡着了，而我全无睡意。

她在我旁边睡着，我听着远处"隆隆"的雷声。我从帐篷里探出头，仰望着头顶的天空。几乎是在一瞬间，天空在蓄满了雨滴后又释放了出来。天空中就像有一片海洋——深蓝色的海浪在黑暗中翻滚着，撞击着。云聚集在我们头顶，远处的山上雷声滚滚。雷声回响在空气中，地面似乎都震颤了起来。

我把头缩回帐篷里，拉上睡袋的拉链，躺着听风暴来袭，既害怕，又松了一口气。

那天晚上，我做了一个梦。我和母亲在一个帐篷里。与我们真实的帐篷不同，梦中的帐篷有一人高。我躺着，母亲站着，离我的脚很近。我们静静地凝视着彼此。突然，她张开嘴，开始尖叫。声音像断了线的珠子倾泻而下。

虽然在梦里我一直躺着，但我能感觉到撕心裂肺的恐惧。问题也伴随着恐慌而来：她害怕了吗？她在愤怒吗？她受伤了吗？

没有答案，但几秒钟后，我的身体如释重负。母亲还在尖叫，但我深吸了一口气，闭上了眼睛。一闭上眼睛，尖叫声就停止了，我又深吸了一口气。梦里，我重新睁开了眼睛，我看了看自己的脚，然后又抬头看了看。母亲不见了，站在我面前的是一头巨大的黑熊。

在这样的画面中，我惊醒了，上身笔直地坐在睡袋里，心跳加速。我们的帐篷里一片漆黑。如果一头熊真站在我面前，我也看不到它。我把手伸进帐篷的侧袋里，拿出手机，按下主页按钮，打开了手电筒。

根本没有熊。

"那感觉太真实了。"我把手放在胸前，低声对自己说。

我深吸了一口气，把手机放回了帐篷的口袋里，躺下，等待心情平复下来。身边只有母亲轻轻的呼吸声。

曾几何时，她的呼吸声也是这样安慰着我。想着想着，我又沉沉睡去。

第二天早晨醒来时，我整个人还沉浸在梦中。感觉非常真实。有那么一瞬间，我一边极力摆脱困意，一边怀疑当晚是不是真的发生了什么。

"您睡得好么？"我问母亲，我原认为她可能会半夜醒来，或者她可能会说，"哦，天哪，梦到了一头熊！"

她耸了耸肩。

"很好吧。我也不知道。"她微笑着说。"这里太舒服了。"她补充道。

母亲从来没有真正做过梦，或者也许她做过，只是不记得了。我过去常做而且现在仍然常做梦。我会梦到各种颜色和花纹。有时在梦里可以闻到味道，尝到味道。我可以清晰地记得这些画面——就像被电影一帧帧定格一样。记忆会从我身体的某个地方升起，突然"啪、啪、啪"——我的脑海里就会浮现出整个梦境。

"外婆就是那样做梦的，"小时候，当我向母亲讲述我的梦时，她会这样告诉我，然后她会补充道，"我不知道我是否曾记得梦境。"

我不相信。我的梦一直指导着我的整个存在。如果没有整晚都会在我脑海中播放的那些画面，我无法想象我的生活会变成什么样子，也不知道我将怎样理解生活。

话虽如此，我不知道该怎么理解母亲的尖叫，也不知道该怎么理解她变成熊的画面。所以，我暂时把这个梦搁置在一旁，感觉随着时间的推移，答案会愈发清晰。

早晨，我和母亲照例都会过得很轻松。我几乎都会在阳光刚刚洒在帐篷上时醒来。母亲还在酣睡。有时，我会任由她蜷缩在睡袋里，但在大多数早晨，我都会盯着她看，直到她醒过来。

"早安,妈妈!"我会兴奋地低语。

她会回以微笑,然后说她觉得舒适之类的话。她仍然在睡袋里,像夜里一样一动不动,拉链一直在最上面,羽绒罩拉到头上。她看起来就像一只快乐的海豹,裹在蓬松的红色衣服里。

她会四处张望——睡眼惺忪地想弄清楚她在哪里以及到底发生了什么。

"我们在露营,"我会提醒她,"在一个帐篷里。"

有时候,她会"咯咯"地笑。

"布赖恩会讨厌这样,"提到父亲,她会这么说,而后再笑几声,"他绝对会讨厌这样。"

此时,我会为她拉开睡袋的拉链,告诉她当天的安排。

"我穿这个吗?"她会一边查看睡衣,一边问,"我觉得我不应该穿这个。"

"我也觉得。"我会说,然后把前一天晚上我们一起挑选出来的衣服递给她。

一到外面,我们会先找个地方小便,然后再洗手、洗脸。然后我们会将东西从后备厢拿出来——野营炉、咖啡、三加仑的水壶。我会将水倒进锅里,点燃炉子,烧开水。

有时，我会递给母亲一个水煮蛋，并告诉她需要剥皮。她吃鸡蛋的时候，我会用一些水冲咖啡，其余的则倒入装满即食燕麦和一把勺子的大金属马克杯中。

"小心，"将杯子递给她时，我会说，"很烫。"

曾几何时，母亲也在前一天晚上将衣服挑出来，告诉我一天的安排，做早餐，测试温度，递给我食物。在所有这一切中，时间仿佛交叠在了一起，这一刻与那一刻交叠，只是不知怎的，在这一切之中，我和母亲的角色互换了。

我想知道：这就是我们回到母亲身边的原因吗？像她们曾经照顾我们一样照顾她们？

我并没有准备好做这件事。我希望时间可以倒流。我想回到原来的样子。

吃完饭后，我会洗碗，把所有的食物都放回车内的冷藏箱里，把野营炉和盘子塞在旁边。

"我们现在干什么？"她像在等待指示一样询问，手臂和双手放松地放在两侧。

像一个乖巧的小姑娘，一个听话的孩子。我想知道曾经我是否也是这样。

清晨，我们需要开车去新地方时，我会告诉母亲我们要将帐篷收起来。

"什么帐篷？"她会问，然后指着帐篷，"这东西？把这个收起来吗？"

我会点点头，她会立即询问我们要如何完成这个任务。对母亲而言，拆帐篷和搭帐篷一样令人费解。

帐篷一旦竖起来，看起来就不像一个很容易折叠的东西。她会盯着它看，可以看出她正在努力思考接下来可能发生的事情。母亲体内会升起一股巨大的能量，然后汇聚在眉头，令她皱起眉头，她走来走去，试图弄明白整件事情。像一个人手里拿着两块拼图，却试图完成四块拼图。

"在我们把它折起来之前，我们必须把它拆开。"我开始把木桩拔出来，将帐篷杆抽出来，再向她展示如何解开杆子的卡扣，并将它们折叠成段，母亲看得惊慌失措。

"哦，哦……"她会说，"不要弄坏它们，那样会——"

"不会弄坏的，妈妈。它们本来就是这样的。"

我会把杆子拔出来，拉出来，折叠起来。对此，母亲很惊讶。因为这里面是丢失的那两块拼图。

"看那个!"她会大喊,"好极了。"

接下来是一天中我最喜欢的一些家庭日常。

我家的"支柱",也如同帐篷杆,是稳固不变的,虽是日常的重复,但牢固地支撑着我们的故事、我们的爱和我们的笑声。

过去,我可以期待看到父亲每个星期天都在车道上洗车,可以看到他站在地下室的水槽前,将桶里装满温水和肥皂。在父亲叫我帮忙的时候,我能感觉到手中那一大块黄色海绵。

我可以期待烘焙的味道 —— 十有八九,放学后,我走到后门,就会闻到一些饼干面团的香味。我能听到烤箱门吱吱作响,以及饼干从托盘滑到冷却架上的声音。

这样的记忆不胜枚举,一次又一次地萦绕在脑海中。这些真实存在过的瞬间构成了我的过往,以这些时刻为基础,我建立起了安全感。有依靠的感觉已经根深蒂固。这是我相信我周围的世界的原因之一。这是我觉得自己幸运的原因之一 —— 一种安全感被嵌入了我的生命中。

然而，一张照片——母亲叠衣服的照片——令我记忆犹新。它就像烙印在了我的大脑中，永不褪色。对我来说，这很神奇。她会把袜子卷起来。她会把皱巴巴的T恤叠成正方形。她会将四角裤和内裤叠成更小的正方形。床单、毛巾、枕套、运动衫都是如此。她会将一条长长的裤子在腰部对折，然后再对折，在她的腿上抚平，然后再次折叠。她会将一个床套叠成完美无瑕的矩形，边缘齐整、圆润。

我过去常常看着她的手在衣物上抚过，将衣服理顺，将褶皱抚平，用最轻微的动作抹去衣物上的瑕疵。她的脸色平静、放松，像是在沉思。我常常觉得她不仅是在叠衣服，但我也不知道除了叠衣服她又在干什么。

叠帐篷，也是这样。拆了杆子后，地上便是一堆织物了，我便会交给她。

"现在可以叠了。"我会说。

她会微笑，点头，然后跪在这堆帐篷前。她的肌肉记忆知道该怎么做。她拉着边缘，抚平这儿，抚平那儿，然后将两侧折叠。她抓住各个角，抖了抖，然后放回去，再次抚平褶皱，再次折叠。再站起来，递给我两个角。

"拿着这俩。"她会清晰地说——没有丝毫疑惑,没有任何阿尔茨海默病的迹象。

我能听到她的手顺着布料滑落,我能感觉到她找到了底边——她轻轻地抓住它,又把它举了起来,手朝着我的方向移动。

"把那些给我,"她会说,我把我手中的角递给她,看着她把所有的东西都往里折——一次又一次,最后叠成一个整齐的正方形。

她手上的动作很快,但我看的不是她的手,而是她的脸。她的眉头并没有皱起,大脑中没有任何犹豫。她的下颚骨放松,面部肌肉松弛,浑身上下都是一种平静的感觉。我觉得我看的是一个古老的仪式。

我坐着看她将防雨罩和地垫叠起来。喝着咖啡时,里尔克的一句诗浮现在我的脑海中:我想伸展开来,不封闭任何地方。我想知道,母亲将什么折叠在了心里?她到底将什么塞到了T恤和牛仔裤的褶皱里?

这种想法印在了我的心底。在过去的十年里,也许我的一生,都在展开、释放,变得无拘无束。我已经极力向外推开。但我觉得母亲一直想将自己折叠起来,一直在向内转,藏在里面,面对着内心的墙。我们两个在同时朝两个不同的方向移动。

有些事情我们都不想让外界知道,我们希望隐藏自己的某些部分。母亲用沉默把自己封闭了起来。我用聒噪——不停地分散精力——把自己封闭起来。她的本能是"冲进去",不说一句话,把它贴上私人标签。我的本能是"冲出去",转移注意力,用故事填充空虚。

也许她内心的某处非常广阔,有很大的空间可以向我展示。也许我外表下的宁静,可以带给她安慰。

我们很容易相信,可能我们都需要这两样东西。

河流需要水涌入,也需要涌出。

树需要根,也需要冠。

火变成岩,就像在黄石火山口顶部发现的黑曜石一样,需要冷热交替才能变成现在的样子。

这就是向相反方向移动的问题——如果你一直向北跑,你最终会出现在南方。如果你一直向南跑,你会发现路的尽头在北方。在某个地方,我和母亲注定要碰面。也许我一直在回到我母亲身边的路上。也许我没有出现在退去的潮水中,而是沿着漫长的路线,兜兜转转,回到原点。

那天晚些时候,我们上了车。我告诉母亲应该把钱包放在哪里,教她如何系好安全带。我们一起出发,一路向北。

薄纱之翼

我们一直把害怕和希望失去的东西放在心里,也将我们热爱和希望拯救的东西放在心里。

——罗伯特·麦克法兰(Robert MacFarlane)

一上路,问题就出现了。从黄石公园到蒙大拿州的米苏拉市有四五个小时的车程,而在这四五个小时里,我们一直在问和答,无休止,令人筋疲力尽。在车上的时间也变得越来越令人懊恼。

"我们要去哪儿?"我们出发时,母亲便问。

"我们要去米苏拉,"我说,"在蒙大拿州。"

"那个地方听起来真奇怪。"她说道,"就在这里吗?"她补充道。

"嗯,不在这里,准确地说,是我们要去的地方。"

大约十秒钟后,她再次问起了这个问题,然后又提出了一个新问题。

"我以前从未来过这里,"她说,"我们现在在哪儿?"

"蒙大拿州,妈妈。我们在蒙大拿州。您说得对。您从来没有来过这里。"

"哦,"她看着窗外。大约过了一分钟,"我们现在在哪儿?"她说。显然很困惑。"我们在蒙大拿州,妈妈。我们要去米苏拉。"

"米苏拉,是一个人吗?你认识她吗?"

"不是。"

"今晚我们要见她吗?"

"差不多。"我笑着说,只不过是在一成不变的问题中找点儿乐趣罢了。

她又停了下来。"这次旅行太奇怪了。"

又过了一分钟,她又开始钻牛角尖了。"这是在哪儿——"

"我不知道,妈妈,"我打断了她,"可这难道不好吗?"

"很好。这个地方非常好。"她安静地坐了一会儿,又问今天星期几。

"今天星期二。"我说。

几秒钟后,她再次提出了这个问题,我再次告诉了她答案。"今天星期二,妈妈。昨天星期一。"

"哦。"

第三轮问答又开始了。"今天星期几?"她问道。

"您希望今天星期几?"她想了一会儿,然后转向我。我一直盯着马路,希望能在90号州际公路上结束这个问题。但她并没有结束。

"但是,今天星期几呢?"她问道。

"是我们彼此相爱的日子。"

"哦,那是美好的一天。"她咯咯地笑着说。

母亲失去的是记忆,而我失去的是耐心,哥哥曾提醒过我,但我却毫不在意,我以为自己可以轻松应对。

旅行前几个月,我开车去了棕榈沙漠(Palm Desert),探望我哥哥夫妻俩和两个孩子。他们在那里度假一周,顺便拜访我嫂子的娘家。抵达后,在厨房里时,我将这次出行的详细计划告诉了哥哥,包括我要带母亲去哪里以及我们要去多长时间。聊天的时候,哥哥有些心不在焉——他在搬东西,找东西,将吸嘴杯灌满果汁，擦冰箱门上的指纹。

"这些就是重点，"我对这次旅行做了总结，"我们要去两周。"

"两周？"他一边将一个小背包放到台面上，一边问道。

"是的，差不多两周。"

"那会很难。"他一边说，一边将背包里的东西拿出来。

"为什么会很难？"我问道。

他走到厨房的另一边，拿起一个杯子，从水龙头里接了半杯水。

"你会一遍又一遍地听到和面对同样的问题。"

他把水倒了出来，走到冰箱前，往杯子里倒了半杯果汁。

"嗯，也许这就是我需要做的。"我说。

我哥哥没有回答，所以我继续说下去。

"也许我就应该一遍又一遍地面对同样的问题，"我说，"也许只有这样，我才能弄明白一切。"

哥哥显然更加不愿意聊这个话题了。我明白这是他最后的回应。他把那杯果汁递给他女儿。

"喝吧。"他对她说,然后大声问房间另一边的妻子防晒霜在哪里。

他并没有来回走动,而是径直走了过去。他没有再继续聊下去,于是我跟着他走了过去。他是我哥哥,从出生起,我便一直跟在他身后。即便是长大后,我也依然习惯性地跟着他。

当我和母亲接近米苏拉市中心时,她又问了一个问题。

"孩子们在哪里?"她说道,语气中带着关切。

"什么孩子?"我一边寻找好的停车位,一边问道,"谁的孩子?"

"你的孩子,"她说,"你的孩子在哪儿?"

"哦。妈妈。我没有孩子。"

"为什么没有?"她尖刻地问道。

我不太确定该如何回应。

那天,母亲问了我无数次这个问题。第二天,依然如此。第三天亦然。

"你的孩子在哪里?"她会说。

"我没有孩子。"我会回答。

"你没有孩子吗?我以为你有孩子。"

"没有。我没有小孩。"

"为什么没有?"她会疑惑地问。

"你的孩子在哪里?"

"我没有孩子。"

"但我以为他们在睡觉呢。"

"不,妈妈。那些是别人的孩子。"

"那么,谁和你的孩子在一起?"

"妈妈,没有,我没有孩子。"

"哦。但你会有的,对吧?你会有几个孩子的,对吧?"

"我不想要孩子。"

"哦……"

然后,她还是会问:"你的孩子在哪里?"

"妈妈。我没有孩子。"

"哦。没有孩子,为什么?"

在整个旅途中,这些问题就像浪花一样,一个接一个地向我袭来,即使旅行结束后,几乎每一次互动也是如此。每次回家,每次在家里过夜,每次和妈妈待十分钟以上,她都会问:"你的孩子在哪里?""你为什么不生孩子？"

如果有两个问题，一个三十多岁但没有孩子的女人不想面对，也不想回答，那就是这两个问题。在过去的四年里，母亲问了数百次，一遍一遍又一遍。

事实是，我并没有厌倦我母亲反反复复问的问题。我只是厌倦了那些让我质疑自己的问题。

我看到街对面有一个地方看起来像一个小酒吧，便把车停了下来。我转向母亲，大声地告诉她，该吃午饭了。她点点头。

下车后，我拉住她的手，看着路上的车，等畅通无阻后，我迅速拉着她穿过马路。我需要一杯酒，防止我的懊恼变成愤怒。

我们在靠窗的一张桌子上安顿下来，各点了一杯喝的——我给自己点了一大杯酒，给她点了一杯不加盐的玛格丽特鸡尾酒——还点了一些午餐，可以一起分享。

母亲把手轻轻放在腿上，静静地坐在我对面。她察觉到了我的懊恼。当我们的酒被端上来时，她兴致勃勃地喝着，问是否可以再来一杯。

"当然可以。"我一边说,一边慢慢地啜了一口。

服务员又给母亲端来了一杯。这杯酒上点缀着一把小纸伞,母亲迅速把它拿了下来。

"这是什么?"她问道。

"这是一把雨伞。"我说。

"但没有下雨,"她一边说,一边把它打开又合上,"这个……如果弄湿,它就会坏掉。"

我笑了。真的很荒谬 —— 这是一把装饰杯子的雨伞啊。

"这肯定是把假伞,"她补充道,"就像洋娃娃一样。"

她把伞放在桌子上,将酒杯举了起来。

"干杯!"她笑着说,"这杯酒太好了。"

我碰了碰她的酒杯,喝了一口酒。

"我的意思是……"她继续说,"它太特别了。我就 —— "

母亲的声音里夹杂着一丝哽咽。我抬起头,发现她在哭。边笑边哭。

"妈妈?"我问道,"您还好吗?"

"我……"她顿了顿,"已经很久没有这样的感觉了。"她说道。

突然间,她的声音一下子变得不一样了。虽然已然哽咽着,但其中并没有一丝混乱,没有一丝担心或疑惑。她偶尔会这样——心情好的时候。每隔一段时间,母亲就会表现出一些清醒的样子。阿尔茨海默病就好像一件夹克,时而在,时而不在,她完全可以脱下那件夹克,轻轻地把它搭在椅背上。显然,此刻就是那些时刻之一。

我盯着她的眼睛,感觉松了一口气。我没有意识到自己多么紧张。我忘记了,我非常熟悉对面这个相对陌生的女人。一个我爱的女人。

妈妈,我看着她坐在那里微笑时,在心里喊着。

"我玩得很开心,"她擦干眼泪说,"我看着镜子里的自己,甚至不知道那是谁。这太特别了。我得谢谢你。"

"很特别。"我高兴地叹了口气说,之前的懊恼真是令人讨厌。

"你知道的,"她说,"我爱你的父亲——我一直都爱他——但他永远不会……带我这样旅行。"

我咯咯地笑了起来,这个说法可谓一针见血。

"我们曾多次外出探险，"她说，"但他没有……他不想——"

我知道母亲正在寻找一个合适的词，而我也知道那个词是什么。

"脏兮兮的。"我说。

"是的！脏兮兮的！他讨厌搞得乱七八糟。"

她举起手，等着我跟她击掌。

我跟她击完掌坐回来后，继续期待着什么。我渴望跟母亲多待几分钟，我渴望看到真实的她，渴望她多说几句话。

"你的父亲是我一生中最好的礼物，"她继续说，"他总是计划着去这里、那里旅行，跟他一起旅行，我总是很开心。我们也玩得很开心，只是……"她顿了顿，"我从未想过让布赖恩做这样一次旅行。"

她从未想过？我心想。

我觉得内心有什么东西突然停住了。

她从未想过？

我的思绪回到了过去——回到了大约一年前我和父亲的一次谈话。

我们讨论的是我写的第一本书，这本书写的是关于我勇敢地追逐男子气概，关于我如何努力成为"女汉子"。谈话中充斥着我对现代女权主义的思考，我内心深处的变化以及意识形态和社会趋势。

"你知道的，"父亲坐在沙发一角说，"回想起来，我觉得我们对待你的方式与众不同。"

"您的意思是?"我问道，顿时一头雾水，"对待谁不一样?"

"这不是有意识的，"他继续说，好像没有听到我的话。"但我们对待你哥哥们的方式与对待你们姐妹的方式不同。"

我的内心突然一窒。我心里一阵悸动，然后一阵怒火，颤动着，就像飞蛾扑火一般在我体内释放出来。它们猛烈地颤动着，从内心颤动的地方冲向火焰——我的胸膛里充满了怒火。我的身体不习惯这种感觉。

我立刻走向了两个极端：我感到心里尤为混乱；而表面上，我仍然故作冷静。我之所以这样，是因为我满腔疑问，我想得到问题的答案。

"为何如此?"我轻声问道，掩饰着我的愤慨。

父亲继续说了下去。

"我们一直逼着男孩们，"他说，"故意为难着他们。"

我的怒火愈加强烈。内心扑动的飞蛾越来越多,几近狂热。我的内心一片黑暗,怒火愈演愈烈。

我点了点头。希望父亲再多说几句,又希望尽快结束。

我想知道所有的真相吗?我心想,还是说只是部分真相?多少真相才够呢?

"只是……"他继续说道。"你们姐妹都 ——"

他微微抿了抿嘴唇,喝了一大口酒。我坐在那里,像是等待着飞蛾将我内心的所有怒火吞噬。

"你们都很漂亮,"他说,"都很有魅力,性情也好。我们只是认为你们俩都会找到非常好的男孩子。"

我感觉到飞蛾完全占据了我的身体。我淹没在上千对薄纱般的翅膀里。

坐在母亲面前,看着她喝着玛格丽特,我的思绪又回到了心理医生的话:"你以为你比你母亲更强大吗?"

不是每个人都这样吗?一个声音在我脑海中回应。我们难道不是都认为自己比母亲强大吗?这不就是人们一直教导我们的吗?

我的父母认为我漂亮、有魅力、温厚可人。

我的父母认为我对这个地方、对周围世界的贡献就是我长得漂亮，可以取悦他人。

他们最大的希望就是我成为一个善良、无私的人，仁慈地去支持一个"非常好的男孩子"，他们是这样说的吧？他说我会找到一个非常好的男孩子。

他们给我出的题目是让我找到一个男孩子，如果我幸运的话，也许是他找到我？但有人知道我在哪里吗？真有人在找我吗？有没有人意识到这个女人其实在某条船上，在海里飘荡？

另一段记忆也浮现在了我的脑海中，事情就发生在最近——在此次旅行前的几个月，我和母亲开车经过温哥华。

在距离我们家大约一个街区的地方，她转向我。

"男孩子们来了吗？"她问。

"来了。"我说，但我并不确定她指的男孩子们是谁，但也不想引起误解。

"哦，很好，"她说，"让他们玩吧。"

我停了下来。内心变得好奇。

"姑娘们要做什么？"我问，"就是……男孩子们玩的时候？"

"哦,"母亲耸耸肩说,"我不知道。"

她完全被这个问题问住了。但她的语气很清楚。似乎在说:"这有什么关系。"

我的父母认为男孩比女孩强大。我的父母认为父亲比母亲强大。只要男孩们在岸上,其他一切都不重要。而女人们只能强忍着怒火。这些事实不言而喻——我早就知道,但我并不清楚这是什么。回想起来,我并不清楚这些事实将我的每一个行动联系了起来。

他们告诉我,我的自我成就,我的人生是否圆满,都取决于能否找到一个非常好的男孩子。

一旦找到他,你就圆满了。

我对此感到愤怒,但我并没有察觉到这种愤怒,而是将它埋在了心里。我将它藏在了内心的某个地方,试图让自己变得更强大。回想起来,这种愤怒无处不在——贯穿在我所做的每一个决定里。

因为一些莫名的特点,强烈拒绝女性的特质,以及后来否定母亲的强大,只看到她对父亲的束缚,都是这样。正如托科-帕·特纳(Toko-pa Turner)所言,我试图"成为雅典娜,与父亲结盟,求得成长"。

一旦你成为他,你就圆满了。

在我父母、祖父母、曾祖父母的骨血中，有人嵌入了以下命题：男性＞女性。

前者比后者强大。我的错误是我相信了他们。

我点的午餐被端上了餐桌。一份炒花椰菜，一份甜菜和布拉塔芝士沙拉，还有一份配着蔬菜的烤鸡。

"这是什么？"母亲指着花椰菜问道。

"那是花椰菜，妈妈，"我说道，"小心，可能有点烫。"

"那是花椰菜！"她哭了，"这太不可思议了。我从来没想过花椰菜还能这样做。"

"是吗？"我就知道，不知怎的，母亲又穿上了阿尔茨海默病的夹克。

"你知道的，"她说，"我一直按照我妈妈的做法烹饪。她……"

母亲正在寻找合适的词语。我替她找到了一个。

"她总是蒸花椰菜，"我说，"外婆总是蒸花椰菜。"

"是的！她总是蒸花椰菜，"她说，"可你是怎么知道的？"

"因为你也是这样做的，也是这样教我的。"

"嗯,"她实事求是地说,"我们现在就应该试试不同的做法。我们需要试试不同的做法。"

"当然。"我一边喝完最后一口饮料,一边说。

我曾多次想过要当一个母亲,但每次这个想法浮现时,内心总有一个微弱而有力的声音抗拒着这个想法。我完全不知道它具体是什么,或者究竟来自哪里,但我选择去倾听那个声音。那天,和母亲共进午餐后,我才明白,她就是那个声音的来源。

在这一生中,每当谈到性别时,她总是用更强或者更弱来描述。在其他时候或以其他方式,她总是低声对我说着一些其他的路线、其他的路径,还有烹饪花椰菜的其他方法。在一个世界里,她给我出的是数学题。在另一个世界里,她给我的是证明方法。

感觉就好像母亲帮助我划定了一些界限,同时又鼓励我打破这些限制,实在令人困惑。也许,她这一代人注定要建这样一座桥。这是不可能的——一边连接着他们努力地维护他们的母亲向他们展示的世界,另一边连接着他们张开双臂、跨越某些鸿沟、试图将我们带入的一个他们未曾见过的世界。

生活在这样一个割裂的环境中是什么感觉?她的前

辈从一边告诉她爱的定义就是克制，不能让别人承受她的痛苦，而我又从另一边努力向她灌输一个完全不同的爱的定义：爱需要表达，要坐下来，说出所有真相。

从上一代到下一代，可以产生多大的鸿沟？我们什么时候才能从母亲生长的环境中看待母亲，而不是以我们生长的环境来看待她们？我们什么时候才能明白她们需要跨越的鸿沟一直是她们拒绝接受的？

我从不认为我的母亲打破了塑造了她的框框条条，但事实上她已经粉碎了它们。只是她所面对的界限与我们成长中所面对的界限不同而已。

当我们回到车上时，我想起了母亲和她的五个孩子——我自己以及和我一起长大的三个兄弟姐妹，还有那个早于我们出生、在路上了解到的那个哥哥。她的过去、现在和她的未来，互相拉扯着，拉扯着，如同一条既生机勃勃又逐渐变窄的河流，同时又向着多个方向流动。

当我们开车离开米苏拉时，我想到了这座城市本身。它坐落在五个山脉的交会处：比特鲁特山脉、蓝宝石山脉、加内特山脉、响尾蛇山脉和保留地分水岭。五条高耸的山脉奔向一个湖底山谷，但那里已经没有水了。

没有多少人知道，雅典娜的母亲是海洋女神，一个拥有水的智慧的女人。她经常被忽视，以至于在某些地方，水似乎已经干涸，但这并不意味着它不存在；你要做的就是看看表面之下——地下通常会有水源，那是一条看不见的充满智慧的母脉，已经流淌了几个世纪之久。

大分水岭

母亲正在酣睡。一头熊出现在头顶,正要向她袭来,将她整个吞噬。我冲到他们中间,就在那一刻,我意识到那头熊就是我自己。

我被自己气喘吁吁的声音从梦中惊醒。我迅速转过身,在漆黑的帐篷里寻找着母亲。我希望她醒来,或许惊慌失措,而且可能受到了伤害。但什么都没发生。

我能听到她微弱的呼吸声,她就在我身边。

我的脚趾在睡袋底部蜷缩了起来,试图摆脱刚才的梦境。

我并不时常从梦中惊醒。我这么想着,然后滚到另一边,再次睡着。

第二天早晨,梦境再次浮现在我的脑海中,但只剩下了一连串支离破碎的画面和情绪。我很快将一切抛诸脑后，因为今天的行程很紧，我比平时起得早一些。

出发后大约一个小时，我们把车开进了一个铺着砂砾的停车场。前一天，我曾给当地的水上漂流公司打电话，咨询有没有有趣但又不那么刺激的水上活动。

"克拉克福克河、艾伯顿峡谷，"电话那头的人说。"您会喜欢此次旅行的。那里水流湍急。"

"不会很刺激吧？"我再次确认。

"一点儿也不刺激。"他回答道。

克拉克福克河是蒙大拿州体量最大的河流。它汇集了落基山脉广阔地区的水资源、融化的冰雪和成吨的流水涌入滔滔的哥伦比亚河，从而汇入咸咸的太平洋。它是西部的一条主要河流，一支横贯这片大地的血脉，为周围盆地和更远的地方注入了生命。

克拉克福克流域的制高点沿着大陆分水岭延伸——这是一个一直令我惊讶的地理和水文特征。分水岭西部的冰雪融化，流经陡峭的分水岭，汇入太平洋。分水岭以东的水流向密苏里河，然后涌入各个支流，蜿蜒流向东边的海洋——大西洋。

有一个自然的分水岭，水沿着这样那样的路径流动，这很正常，但我一直好奇的是山顶的水。它如何决定走哪条路？哪些要素决定了它流向哪里？我想知道水屈服时是什么样子。但也许这就是它的本质，也许屈服是水的独特方式，也是它流向不同方向的唯一方式。

我们到达时，停车场空荡荡的，即便我看到左边有一条河，我也不确定我们是否找对了地方。周围没有建筑物，没有其他车辆，也荒无人烟。

"我们要停在这里吗？"母亲问。

"大概是，"我说，"我们四处看看吧。"

我下了车，清冽的空气扑面而来。我立即怀疑是不是来错地方了。

如果我觉得天气很冷，母亲会觉得——

"哦，"她一边说一边下车，"这里好冷啊！"

"拉上拉链吧。"我伸手去拉她外套上的拉链。

"我们来这里做什么？"她问道，听口气，她宁愿回到温暖的车里。

"我们是来漂流的。"我说着，看了看我们右边的一条小路。

"这边，"我补充道，把一顶深灰色的无檐小帽戴到她头上，"跟我来。"

我拉着母亲的手,开始沿路往上走。转过弯时,我看到了一栋看起来像两个双联别墅一样的建筑。周围有一个木甲板,旁边挂着一块写着蒙大拿河导览的牌子。

"看来我们到了。"我宣布。

带母亲外出探险,我很紧张。与在马背上相比,感觉在水上更容易出错,但我想起我已经向对方提出我要的是一次温和一些的旅行。

"我们会没事的,"我轻声安慰着自己,走进了一个临时旅游商店,这里有一个小型登记区,"我们会没事的。"

里面有两个人,都穿着名牌服装。一个人站在一个柜台后面,正在将唇膏和橡胶项圈放进展示柜里。另一个人在柜台对面,整理着一堆T恤和帽子。

"您好,"我说,"艾伯顿之旅从这里开始吗?"

柜台后面的女士抬起头来。

"哦,"她说,"很抱歉,刚刚没有看到您!"

就在这时,另一个工作人员走了进来。他穿着一件格子衬衫,绿松石色的短裤,下面是一条紧身潜水裤和一双破旧的人字拖。他长得很高大,至少6.5英尺(约1.98米),也许更高。

"我叫奎因,"他说,"您今天早晨要跟我们一起去克拉克福克吗?"

我抬头看着奎因。

"您二位肯定是母女。"他说。

我点了点头。

"是的,我们是母女,"我挽起了母亲的手臂,"我叫斯蒂芬,这是我的妈妈,希拉。"

母亲打量着奎因。

"你怎么这么高,"她说,"吃什么才能长那么高?"

她问得很认真。

奎因笑了笑,给我们指了指更衣室。

"你们换衣服吧。"他说。

一到隔间,我就帮母亲脱掉衣服,穿上商店提供的潜水服和潜水靴。在扭动身体、不断拉扯和调整衣服时,母亲问了很多问题——那个男人怎么长得这么高,我们为什么要穿这些衣服,她应该把钱包放在哪里。

我尽量在穿上潜水服之前回答所有问题。然后,当我们两人好不容易整理完时,我转身面对我的母亲。她站在我旁边,正检查她的衣服,对这一穿着略显不安。

"我们要穿着这些衣服去哪里?"我带她走出更衣室

时,她问道,"我们看起来很奇怪。这些算鞋子吗?"

我看着她笑了。她穿着黑灰色的潜水服和一件蓝色救生衣,潜水服上还带着小型分趾短靴,还有那天早晨戴的灰色无檐小帽上顶着一个黄色头盔,她紧紧抓着钱包。

"不需要那个。"我说的是那顶无檐小帽。我伸出手,拿下她的头盔,把无檐小帽从她头上取下来。"我们可以把钱包放在储物柜里,"我补充道,"您在水里不需要它。"

"在水里?"她疑惑地问道。她环顾了一会儿,发现了我们下方的河流。

"在那里?!"她尖叫着指着它,"可是看起来好冷啊!"

奎因跟在我们后面走来。

"好吧,希拉,"当我们转身面对他时,他说,"我希望我们不用下水,但我们会坐船。"

"你可能会弄湿,"我补充道,"水会溅一身。"

我冲回更衣室,把母亲的钱包和其他东西一起锁起来,然后迅速回到了外面。现在,还有另外三个人跟奎因和母亲站在一起。这就是我们的漂流团了。

"好像都到了，"奎因说着，指了指木甲板，"集合，我们要讲一讲安全问题。"

我把手放在母亲的胳膊后面，我们坐在两个长凳上面，凳子上还有斑驳的阳光。在下水之前，我想让她尽可能地暖和起来。

奎因和另一位导游花了很长时间向我们详细讲述了安全事项，几乎所有这些都让我联想到母亲在水里挣扎的样子。显然，母亲也想到了类似的场景，因为大约在谈话进行到一半时，她睁大了眼睛向我靠了过来。

"注意事项太多了。"她低声说。

"放心，妈妈，我会替你记住的。"

"你？你能记住所有这些吗？"

"我当然希望如此。"我低声回答。

谈话结束时，我把奎因拉到一边。

"奎因，"我说，"我妈妈——"

在继续说下去之前，我艰难地吞了吞口水。

"奎因……我妈妈患有阿尔茨海默病。"这是我第一次公然说出来。

奎因点了点头，眼神变得微微柔和。

"她记不住您刚才说的话，"我补充道，"所有那些自救的事项——都记不住。此次旅行会很轻松的，对吧？"

感觉到我的紧张，奎因将他的大手放在我的肩膀上。

"不用担心，"他说，"她会划水吗？"

"你是说在水里？"我问。

在我的脑海里有一个声音。它说：天哪，他觉得我们可能会下水。

"我的意思是，她会游泳——但游得不是很好。"

"不，"奎因说，"我是说，她可以用船桨划水吗？"

"哦！"我笑着说，"可以。她可以划桨。她非常擅长听指令，这一点非常厉害。"

"太好了，"他说，"我会让她坐在我的右边，这样她就可以听到我的声音了。"

几分钟后，我看见另一个导游带母亲登上了亮黄色的筏子。

母亲重复着每一条指令。她无法将她的感受全部表达出来，但我看得出她和我一样紧张。

"抓住这里吗？"在导游告诉她要抓住什么之后，她问道。

"是的,"导游说,"就是这里。抓住这里。"

"坐在这里?"母亲惊恐地问道。

"是的,希拉。就在那里。然后把你的脚牢牢地放在这些管子之间。""把我的脚放在它们之间?"她问。

"是的。两根管子之间。"

"哦,有点紧,"她说,"好的。还有呢?"

"就这样。待在那里就行了。"

"待在这儿?"她确认道,"好,我就待在这里。"

母亲走上她在船上的座位的方式很有趣。据我了解,有人曾告诉她应该坐在哪里,但我觉得那个人并没有递给她划船的桨。

我紧接着上了船。他们让我坐在母亲的正对面。就在我的手抓好,脚也放好时,我看了看她。我们都在屏住呼吸,大气都不敢喘一口。然后,我们每个人都拿到了一支蓝黄相间的小桨。

"拿着这个?"母亲问,"像这样吗?"

"就这样,希拉。"奎因一边说,一边开始把船推离岸边。"出发。"他宣布,然后自己也跳了进去。

母亲坐在那里,将桨横在她的腿上。

"河流之美,"奎因说,"在于它们将我们从一个地方带到另一个地方。"

奎因就坐在我和母亲后面，在船中间一个突出的座位上。他迅速坐好，伸手抓住两边的大桨，露出灿烂的笑容。

"你们都准备好拥抱克拉克了吗?"他一边问我们，一边将船驶入水中，"她很平静，但今天峡谷里的水有点湍急!"

我回头看着奎因。我不希望水流湍急。我可以应对，但母亲应对不了。我也无法处理母亲应付不了的情况。

奎因一定看到了我眼中闪过的恐慌。

"别担心，"他低声说，"她可以应对即将发生的事情。一直都是这样，对吗?"

在那一刻，我不确定奎因指的是河流、船，还是我的母亲。也许他说的是所有这些。

我瞥了一眼船的另一边。母亲正凝视着下方那柔和的蓝绿色浪花。她的紧张已经烟消云散。她被深深地吸引住了。对她而言，水一直有这种魔力。虽然她时常露出担忧之色，但她从来都不是一个感情外露的女人，但当她靠近水时，就另当别论了。她内心暗流涌动。持续不断的担忧慢慢平息。我感觉到，她的能量、她的整个自我融合在了一起，更加平静，更加自然。每当她眺望大海、波光粼粼的湖泊或湍急的大河时——就好像她失去的那部分回来了，她身上那些说不清道不明的东西又回到了原处。我从来没有完全弄明白这些东西是什么，但我曾多次见过——在那些时候，它们在母亲体内澄澈地流淌着。

她笑了，我松了一口气。这就是我预订漂流之旅的原因——母亲看到水时的表情。这让我觉得我可以看到她的全部，如同看到河底的石头，一直到河床下的沉积物。

"妈妈?"我小声问道，"您开心吗?"

她看着我。

"开心。"她说。她的回答如此清晰，如此确定。

"为什么开心?"我问。

"不管是为什么。"她说，然后回头看向水面。

母亲屈从于他人的能力令我震惊。尽管我们之间从未谈论过这一话题，但我知道自从她初为人母便是如此，我一直以为那是她内心的一片荒野。不管你从哪里切入、走进去，我都能想象到一定会让自己感觉像是被扔了进去，直接被扔到了深处。你必须，就像在河上那样，理解屈服和控制之间的博弈，随着一个与你有着不同心跳的事物优雅地跳动。

我的大哥出生于1966年7月27日。虽然他出生在加拿大温哥华附近的一家医院，但我从某种程度上认为具体是在大分水岭某处。母亲从那个地方到了咸咸的西海岸，而我大哥在平原上一路漂泊，最后停在了五大湖下游一个遥远的地方。

我的父母当时只有十八九岁。那是六十年代。当时水位迅速高涨，爆发在即。最后，或许是从一开始，母亲便选择了顺从。在很多方面，她不得不这样做。

她同时朝两个不同的方向移动——这是我母亲人生的分水岭。她一路向西，最终回到了父亲身边。而他们的长子，一个男孩，则被他人收养，去了东边。我只能设想，在这过程中，她内心的某处关闭了——也许是通往她内心千里荒野的大门。

也许就是从那时起，她开始以这种方式看水，若有所思地凝视着，满怀希望地寻找着——寻找着她的长子，以及她在这个过程中丢失的那部分自己。

一旦找到他，我就圆满了。

现在，水流湍急。奎因正在教我们何时划桨以及要使多大的劲儿，母亲听得非常专注。当有活儿要做时，尤其是体力活，她就会乐此不疲。

当我们经过绿色的深水处和平静的漩涡时，船在泛着泡沫的浪花中上下颠簸，缓慢滑行，如此反复，直到我们落入一个深深的峡谷——河流的"咽喉"处。河的两岸耸立着由灰色的石头和黑紫色的悬崖形成的陡峭山峰。我们现在在深水区，跌跌撞撞地走过波涛汹涌的河段，中间还不时出现小岩石瀑布。我能听到母亲在船的另一头高兴得尖叫。

随着激流慢了下来，我听到了奎因的声音。

"你说得对，"他在我身后喊道，"她会划桨！"

"向右看！"他向我们所有人说道。

一群鹿在碎石间奔跑。当我们停在水流平缓的地方观看时，我听到一只老鹰在我们头顶盘旋。

我看了看母亲，想知道她是否也看到了鹿或听到了老鹰的声音。她并没有。她的右手正抓着船的边缘。当我们其他人抬头时，母亲的目光垂了下来。她在看着眼前的河。

正如安妮·迪拉德（Annie Dillard）所写：活水可以治愈记忆。

那天下午晚些时候，我们从米苏拉郊区驱车前往卡利斯佩尔，最后前往哥伦比亚瀑布。我们越过弗拉特黑德河——克拉克福克河最大的支流——几英里后，离开了高速公路干线，开上了通往亨格里霍斯坝（Hungry Horse Dam）的路。我把车停在游客中心旁边的一个小车位中，手伸进车后座的一个包里。

"想吃苹果吗？"我问母亲。

她点点头。

"要加点奶酪吗？"我补充道。

她又点了点头。

"嗯，"她一边在前座吃着零食一边说，"好吃的东西已经在我肚子里了。"

吃完后，我们走进了游客中心。我浏览着墙上的导览图，母亲看着窗外。导览图上说，大坝的钟形泄洪道是世界上最大的泄洪口，并介绍了大坝每年产生数十亿千瓦的电力。然后，我也来到窗边——跟母亲一起凝视着眼前的这一大片混凝土工程。

我们回到车上，向东北驶去。我们开车穿过蜿蜒的山路——在"Z"字形路上开了两三个小时。弯道太急了，直到拐弯处才能看到周围的事物，如此反复，直到我们开到了大分水岭的顶端并翻过了大分水岭。

我一直在想着大坝。我明白为什么要建造这个大坝。导览图上介绍它创造了什么以及它产生了什么。但是游客中心没有介绍当河道改变时，当这汹涌的水被迫改变形状时，会发生什么。当一部分水要向这个方向流淌，另一部分水要向另一个方向流淌时，该怎么办。

他们忘记了这些信息吗？他们不知道这条大河的力量吗？

我们认为钢铁比淤泥、黏土和土壤更坚固。我们认为混凝土比水更结实。我们认为，如果我们关闭某些东西，就可以将它们锁在门后，控制这些存在的一切。这就产生了一种巨大的错觉。对于我们周围的人来说，这会让我们看起来比实际更加渺小：我们看起来像一条小溪，一条温暖的涓涓细流。哦，这是一种多么强烈的幻觉啊。

整个上午我都在担心母亲应付不了这激流，而事实是，她就是激流。母亲就是水——是这河流和筏子。她将我们所有人——我自己、父亲和兄弟姐妹——从一个地方带到了另一个地方。

我们所有人都随着母亲而流动。她比我们每个人都强大。

但母亲随着谁流动呢？我想知道。谁会把她从一个地方带到另一个地方呢？谁会把她从今生带到来世呢？

我不确定我是否认识一个足以胜任这个任务的人。

"看，"母亲一边指着车窗外一边说，"山顶上好像奶油一般。"

"那是山上的雪，妈妈。"

"谁说的？"她连忙问道，"我觉得那是为动物准备的奶油。"

"您知道吗，妈妈？"我说，"您可能说对了。"

铅笔屑和杜松子

当我们逐渐明白外界的风景与内心的荒野相对应时，我们就会不禁为我们的天性被改变、被玷污、被束缚至顺从，和大多会从记忆中消失，而感到悲伤。

——托科-帕·特纳

那是六月初。前一年冬天，积雪很厚。那条蜿蜒穿过冰川国家公园的以危险而闻名的公路——向阳大道（Going-to-the-Sun Road）仍然覆盖着皑皑白雪。我和母亲别无选择，只能绕道而行。考虑到我正在学着怎样跟母亲一起"舞蹈"，我一直在跟母亲渐行渐远，以及我漫长的自我回归，这不失为一个不错的选择。

距离公园东入口南边约10英里时，我感觉到什么东西发生了变化——能量，景观，一切。母亲也感觉到了这一点。

"我们现在在哪儿?"她问,"我们走错路了吧?"

"没有,"我看着窗外说道,稍微放慢了车速后发现,"好像确实走错路了。"

我看到周围的森林里有几棵烧焦的树,越往前,这样的树越多。大约一英里后,所有的树都被烧焦了——我们周围已经称不上是森林了,而是滚滚的泥土和灰烬,纤细的黑色树干立在那里,像皮肤皱裂的孤魂野鬼一般。它们没有树枝,无法伸向彼此,不再是一个经久不衰的森林。此情此景,异常诡异。

这些是黑松吗?抑或是道格冷杉?我心想。

树干上的疤痕一直延伸到树顶,无法分辨树的品种。

红鹰大火(Red Eagle Burn)发生在2006年7月,整个夏天和秋天烧毁了34,000英亩(约137平方千米)树林。大火肆虐了将近六个月,终于在当年冬天归于沉寂。

人类善于掩饰遭受的伤害,掩盖自己的创伤,让自己看起来好像什么都没发生过。大自然却截然不同,在这件事上,它没有太多选择。它必须告诉我们它所承受过的痛苦。它必须赤裸裸地站立在被烧毁的那些灰烬中。它必须从那里开始成长，将过去的愤怒转变为成长和繁荣。

2015年底，有人送给母亲一本涂色书。和所有成人涂色书一样，这本书中包含数百页精心绘制的场景——花园、森林和海底世界，涂上颜色后，它们会变得鲜活起来。她会坐在餐桌旁忙着涂颜色，不需要说话，也不需要记住发生了什么事情。这真是一份完美的礼物。

母亲对于涂色的痴迷无异于我对杂货店散装糖果区的痴迷——带着一种异乎寻常的兴奋和专注。她可以一涂就是好几个小时，甚至好几天。母亲涂了章鱼的花园，然后是沉睡谷，然后是英国花坛。她深陷其中，很难说是彻底迷失了自我，抑或是完全找回了自我。

几周之内，她又买了一些涂色书，从旧抽屉和破旧的盒子里拿出彩色铅笔，用一个稍微生锈的卷笔刀削着铅笔。那年圣诞节，她的姐妹们组织了一场涂色派对。她们四个人都聚在达芙妮姨妈家，在书上涂着颜色。有一张照片记录了她们坐在餐桌旁拿着彩色铅笔涂色的场

景 —— 我的叔叔道格坐在一旁，为艺术家们端着一盘杜松子马丁尼酒。如果你看过那张照片，我敢肯定你会闻到它的味道 —— 铅笔屑混杂着一丝杜松子的味道。

在很长一段时间里，每当我回家探望父母时，我都会看到母亲在餐桌旁，像一个疯子一样在书上那些线条上忙碌，像一个失去理智的疯女人（并不是一语双关）。各种各样的绿色铅笔都已经被削成了短短的一小截。

"叶子太多了。"她一边说，一边瞥了一眼桌上那一截截即将用完的绿色铅笔。

"你不必把所有的叶子都涂成绿色，"我会告诉她，"它们可以是红棕色，也可以是橙黄色。你只需要假装它是秋天。"我突然意识到，这些话很可能正是我小时候她对我说过的。

你只需要假装。

"好吧，那样不太好看。"她会断然拒绝，听语气，认为我简直荒唐至极。

一两个小时后，她会把彩色铅笔放在桌子上。

"看，"她会伸出右手让我看，"手很痛。"

母亲的右手拇指和食指会有很深的压痕。事实证明，连续四五个小时或五六个小时按着铅笔就会留下清晰可见的痕迹。我真希望她的大脑中也能留下这样的印记。

我会握住她的手，按摩她的两根手指。

"噢，噢，噢，"她会说，然后又低头微笑着看书，"再多按摩一下。"

她很痴迷，厨房的桌子下面有满满一袋已经涂完的书，里面有二十几本——她曾像艺术创作一般认真地给它们涂颜色。最有意思的是，在她拿到第一本涂色书之前，我从未见过母亲涂色、涂油漆或画画，一次都没有。

虽然外公外婆都极具艺术细胞，但我一直认为母亲更像一名运动员，而不是一位艺术家。所以我认为涂色会令人放松。找到一项无须记住任何词汇、地点或面孔的活动会令人放松。我一直认为她每次都只是一边涂色一边思考几个小时，因为做这件事让她感觉很好。我从不认为这是一种仿照机制，痴迷只是一种健康的新习惯。直到我与布兰达姨妈在冰川国家公园闲逛，我才改变了这一看法。

我一确定基本方案，就将此次旅行的事告诉了布兰达姨妈。她当时住在卡尔加里，距冰川国家公园东入口只有几个小时的路程，所以我给她打电话，问她是否想跟我们一起旅行几天时，她欣然同意。

我们对整个旅行计划保密，因为阿尔茨海默病的缘故，这并不难做到。即使如此在出发前我们还是保守了这个秘密。但我和布兰达姨妈都想为我妈妈做一些特别的事情，也为我们自己做一些特别的事情。我们希望整个旅途都会感觉很特别。

几个月后，我们抵达。布兰达姨妈早早就将这个秘密告诉了公园管理员，之后便在露营地等我们。所以，当我和母亲走进游客中心，这位公园管理员就已经准备好了。我告诉她取票姓名时，她像"摇头晃脑的吉娃娃"一样兴奋。原来，她也想做一些特别的事情。

"那位女士怎么这么奇怪？"母亲在等候区悄悄问我。

"嗯，妈妈，我在露营地给您准备了一个惊喜，这位女士知道惊喜是什么。"

"是吗?!"她对着我们两个惊呼，"你给我准备了惊喜？"

"是的。"我说。

"吉娃娃"也点了点头。她几乎无法直视母亲的眼睛。我觉得她害怕如果她们进行眼神交流，她可能会将整个计划和盘托出。所以，她只是对我点头示意。

我们回到车里，母亲有些情不自禁。她太兴奋了。

"为了我！"她呼喊道，"你给我准备了惊喜吗？"

她停下来稍作思考。

"我们的丈夫来了吗？！"她问。

"没有，"我说，"但您可以猜一猜！"

她被难住了，倚靠在座位上，看着窗外，几秒钟后，关于惊喜的想法都消失了。

我开车沿着一条土路向下，到一条小河边。然后，在拐弯处的一个露营地看见了布兰达姨妈的车。我慢慢地把车停进了她旁边的停车位。

"我觉得这是别人的露营地。"母亲说。

"不。这是我们的，"我说，"我有个惊喜给你。"

"是吗——哦哦？！"她惊讶地问道，"还有人吗？是我们的丈夫吗？！"

"不是，不是我们的丈夫，"我重复道，"一会儿就知道了……您认识。"

此时，布兰达姨妈已经看到了我们，正朝我们走来。

"那个人?"母亲凝视着窗外问道,想极力看清楚,"是那个人吗?"

"是的,就是她。"

然后,母亲看到了她——认出了她。

"我认识她!"她的泪水流了下来。

在一个陌生的世界里认出一些熟悉的事物是一件多么美妙的事情啊!

母亲迫不及待地下车。泪水顺着她的脸颊滚落。她激动地解开安全带。卡扣一打开,她就跳下车,张开双臂朝她的妹妹跑去。

"你……你怎么知道我们会在这里?"母亲哽咽着说,"你到底是怎么知道我们在这里的?"

"斯蒂芬和我早就计划好了,"布兰达姨妈说,"我昨晚从卡尔加里开车来的。看……我把帐篷都搭好了!"

布兰达姨妈姨总是浑身散发着活力。在我记忆里,她几乎都在咯咯笑。即便在那些不开心的日子里,或者是面对一些痛苦而艰难的事,她都在极力强颜欢笑。这也是我邀请她的原因之一。如果没有笑声,没有欢乐,在阿尔茨海默病的流沙中很难跋涉。在这种泥沼中,你

133

会认为耐心是你唯一需要的武器，但事实并非如此。如果耐心是盾牌，那么笑声就是你放在大腿皮套里的匕首。我认识的唯一一使用这种特殊皮套的人就是布兰达姨妈。她曾在多次战斗中用过它。

正因为如此，我希望布兰达姨妈跟我们一起旅行，也希望她能告诉我她所知道的一切。

1965年冬天，母亲第一次怀孕的时候，布兰达姨妈已经12岁，接下来的那个夏天，她就13岁了。她是世上唯一在那年和那年前后一直跟我父母有来往的人，也是在那段时间真正跟我母亲住在一起并仍然健在的两个人之一。

布兰达姨妈见证了母亲的成长和她第一次怀孕。她至少会看到一部分母亲藏在心里的那个故事。

布兰达姨妈曾亲眼见到母亲爬到大分水岭顶端，也亲眼看着她跌倒在地。

我希望在冰川国家公园见布兰达姨妈，因为我想听听她的回忆。她是唯一可以提供目击证词的人。而这些，母亲永远也说不出口。

她就像拿着一支黑色铅笔，将那一时期全都涂成了黑色，修改了她的整个故事。

我不知道布兰达姨妈知道些什么，但我知道她肯定知道什么，至少比我知道的多。于是，第二天，我们徒步闲逛时，我便开口了。

那天早晨，乌云密布，天空低垂着，像是要下雨，所以我们选择在露营地不远的地方走走。我们套上了雨衣，在背包里装了点儿东西和零食，便踏上了一条土路，小路沿着几片开阔的草地蜿蜒而下，直到一条小河边。

我走在布兰达姨妈和母亲身后，在前十分钟里，一直试图找到一种委婉的方式，提出这个话题。但是，我的脑海中突然浮现出了一个不错的想法，我自己都没有准备好便脱口而出。

"母亲怀孕的时候发生了什么？"我问道。

我的话重重地砸在地上。时间仿佛停滞了——我们三个都停了下来，仿佛给我的话留出一点喘息的空间。

"我是说……"我慢慢地说，试着缓解一下气氛，"我知道她怀孕了，但是……后来发生了什么？"

"我什么时候怀孕的？"母亲问道，"怀上你的时候吗？"她有些疑惑。

"不，妈妈。您怀上卡尔的时候。"

"哦，怀上卡尔的时候。"

布兰达转身看着我。

"我就知道你可能会问我这个问题。"她说着露出了灿烂的笑容。

"天哪，那是很久以前的事情了。但我记得是你外公外婆告诉我的。我那时……嗯，我想大约也就是十二三岁。"

她停了下来，仿佛在将故事的点点滴滴拼凑起来。

"他们让我坐下，"她继续说，"我想达芙妮已经离开了家，甚至可能结婚了，而且我记得南希也不在家。"

我们继续沿着小径向前走，一条长长的溪水出现在我们右侧。岸边有几只灰色的小鸟——美洲河乌在岩石下觅食。

"你知道的，"布兰达说，"当时南希还很小，只有七八岁。我不记得她是否在家……也不记得他们是否告诉了她，但我记得他们告诉我希拉怀孕了。我记得我很困惑。'但她和布赖恩还没有结婚'我说。"

布兰达姨妈停下脚步，笑了起来。

"我们家就是这样，你知道的。我们什么都不知道。

他们什么也不告诉我们。我不知道什么是性。老实说，我认为只有结婚才会怀孕。我们从来没有谈论过这样的事情。你什么时候见过你外婆谈论鸟和蜜蜂吗？"

我们都停下来偷笑。答案是否定的。外婆虽慈爱，但更不善言辞。

布兰达姨妈继续说，母亲开始点头附和。就好像整个过程唤起了她的记忆，她想起了其中的一两个片段。有时她甚至会补充些什么"是的，布赖恩"或者"嗯。爸爸什么都处理得很好，不是吗？我先告诉爸爸。你知道吗？我坐公共汽车去了他的办公室"。

"是的，我知道，妈妈。您在那里告诉他的，对吧？"

"是的。"她说着点了点头。

这是我知道的一个细节。在我们旅行前一年左右，我们出去散步，就像刚刚这样，她脱口而出。

"我以为你外婆会大发脾气，"她说，"所以我先告诉了你外公。就在他的办公室里。"

与姨妈聊着天，我感觉到雨滴落在了手上。

"我记得当时是七月的一天，"她说，"我在露营地。你外公外婆知道她怀孕了，所以他们把我们送到了露营地。我想……我想南希也在——不管怎样,我记得我被老师叫到办公室。他把电话递给了我,是你外公打来的电话。他告诉我希拉怀孕了。不久之后,我记得我回了家,当时我们还住在麦克利里街。"

"然后呢?"我问,"她是什么反应?她变了吗?"

布兰达姨妈转过身看着我,一脸难过。

"是的,"她说,"她肯定变了。整整那一年,她完全变了个人。小时候,她活泼好动。她脸皮有点儿厚——你知道的——但那一年我记得她一直待在房间里。基本上一整年都把自己锁在房间里。她只是坐在桌子前……做什么来着?一本又一本地涂色。就是坐在那里画画,涂色。整整一年,天天如此。"

我看了看母亲。

她点了点头。

"我确实是在涂色。"她说。

我站在那里,内心却已经崩溃,感觉整颗心都拧了起来。

我所不知道的关于我母亲的事情与日俱增,这让我感到迷茫,就像我在她内心的荒野中漫无目的地徘徊。我甚至不确定我是否知道我在寻找什么。

我们在那条路上站了许久。打破沉默的是我的母亲。

"我喜欢涂色。"她说。

"我知道，妈妈。"

就在那里，我闻到空气中飘来了一丝铅笔屑和杜松子酒的香味。

母亲独自站在为人母的荒野中。我的脑海中浮现出了她站在那里的样子。我看到她张开双臂，伸出双手。但她的怀抱里什么都没有。一个男孩迅速被放到了大分水岭的另一个方向。母亲失去了为人母的权利。

我也想到了当时她的离开。有人告诉她是时候离开了，她应该永远不再谈论那件事情。最好永远也不要谈论她去过哪里，也不要告诉任何人她看到了什么。我想到，人们劝她将它留在过去，设一扇门，关上这扇门，永远忘掉。这意味着母亲甚至不承认自己是一名母亲。

如果伤口本身不能呼吸，不被承认，甚至不被允许存在，伤口就很难愈合。如果伤口被包扎，然后被遗忘，伤口也不可能愈合。甚至可以说，这样的伤口可能会化脓、腐烂，通过血液传播，从而感染全身。

当母亲跨过从少女到母亲的门槛时，她学会了作为女人的第一个生存技能，那就是忘记，然后，将事情涂成黑色。她建造的是一个大坝——忘记、无视和往前走。这是她周围的所有人和事一起建造的。他们抹去了事情的痕迹，建造了一个砖石一样坚固的大坝。现在，当她再次从一个母亲变为老妪时，她选择和使用的也是同样的工具——同样的盾牌和匕首，同样的"遗忘皮套"，对我来说，这似乎不是巧合。

她在遗忘中得到了一次救赎，这种模式即将再度上演。我现在已经很清楚了。阿尔茨海默病要带走我的母亲，它将把她从一个地方带到另一个地方，回顾过去，跨入未来。从她确诊的那一刻起，此后的一两年内，我就一直在看着母亲跨过心里的一道道坎。

我不知道该为她使劲儿鼓掌，还是应该趴在楼梯上，拍着橡胶地板，以示抗议。

心材

很久以前,有人说将痛苦说出来是不礼貌的,将它藏在心里,绝口不提更有意义。事实并非如此。这是在撒谎。这个谎言既可以安慰我们,又可以毁灭我们。

——桑德·莱梅斯

当我们驱车返回露营地时,天空开始缓缓落下天鹅绒般的帷幕,黄昏已经悄然来临。

我转向母亲和姨妈。

"我们一回去就把火生起来吧。"

"好主意。"姨妈赞同道。

很快,我们三个人便围在营火边。我递给母亲几张纸。

"拿着,妈妈,"我吩咐道,"把它们揉成一团,然后扔进去。"

"扔到这里吗?"她指着几块烧焦的木头和灰烬问道。

"对,就是那儿。"我说着,从野餐桌底下拿出几块木头。

"给我一块,"姨妈从后备厢里拿出一把小斧头,"劈开,方便点火。"

我看到姨妈开始将斧头对准一块木头,在边缘反复尝试,直到斧头楔入木头。每每对准,她便将斧头举到空中,然后斧头顺势劈落。木头跟着斧头起落,撞到地面时,发出一声轻微的"砰砰"声,接着是一声松了一口气的"咔哒"声——木头被劈开了。这似乎毫不费力,就好像它从一开始就不想做一整块木头。

我的姨妈一直都是个好学生,也好为人师,这便开始给我们上课了。

"这是我在徒步旅行团中学会的,"她说道,"顺着木头的纹路就可以轻松把它劈开。你只需将斧头的刀刃放在正确的位置,然后——'咔嚓'——一小块柴就会被劈下来了。"

当木头裂开时,我似乎找到了一种共鸣。我一直觉得，如果我摆脱了那个莫名的、讨厌的自己，我就能更加合群了——就像我能否获得归属感取决于能否将自己劈开，能否甩掉身上那些小水滴。

我看着姨妈将这一动作重复了七八次，每次她将木头劈开时，我都感到脚下一阵颤抖。它顺着我的小腿，一直延伸到我的大腿，到达我的臀部，停在了那里，一种恐怖而难以名状的愤怒油然而生。我深吸一口气，从野餐桌上拿起火柴。

"我不记得它叫什么了，"姨妈说着，眼睛盯着她面前的柴火，"但有人告诉我木头中间的部分最好。可能是因为中间那部分比较干燥。"

"它叫心材。"我一边看着它劈开另一块木头，一边低声说道。

"叫什么？"姨妈问道。

"心材。"我大声说，愤怒从我身上渗出。

十岁还是十一岁那年，我和兄弟姐妹参加了一次正式的家庭会议。我们从未参加过这样的会议，对它的唯一了解（根据我朋友的故事）是它总是离婚的前兆。我记得，我当时立即紧张了起来。

那时，我们挪到了客厅，落座，我非得坐在哥哥瑞恩旁边，离他越近越好。在那一刻，我整个人都依靠着他，似乎只有他的力量才能将我从心里的深渊中解救出来。

母亲一直都温暖、镇定、从容，但当时她似乎也紧张了起来，每一根神经都绷紧了。她的眼睛直直地垂下来，就好像在注视着脚下的一条长河，或许希望自己能滑入水中，或许希望可以顺着水流逃出房间。

事情如我所料。在所有人开始说话之前，我就看到母亲的不知所措。似乎她只是身体坐在那里，精神已经滑入水中，顺着水逃出了房间。随着她的离去，我感到内心一阵寒冷，越来越冷，越来越冷。

我环顾房间，似乎没有人注意到她的离开。这让我的内心更加寒冷。四周，我感觉到大家都有一种淡淡的紧张。所有人都僵硬地坐着，传递着紧张，像石头一样。我看到哥哥把它传给了姐姐，姐姐试着把它传给母亲。但母亲的心并不在这里，没办法接过这种紧张情绪，亦无法帮助我们，她在忙着游泳，忙着漂浮在水面上。所以，姐姐接过了这种紧张情绪。

从那以后，她每天都有可能面对这种紧张情绪。

随着姐姐身上的紧张情绪逐渐增强，我感到自己伸出手，用力抓住哥哥。我一边用力地抓住他，一边开始疯狂地寻找母亲。

她在哪儿？她在哪儿？她在哪儿？

从那以后，我似乎每天都在寻找。

突然间，我听到了一连串问题。这些问题似乎带着一阵阵窃笑，悄悄地在房间里飞快穿梭。

这是开玩笑吗？我想知道。我不确定，但这让我感觉好多了。

"我们能猜猜吗？"有人问道，但我不记得是谁问的了。

"你们要离婚吗？"又有人问。

"妈妈怀孕了吗？"有人补充道。

我听到了爸爸的声音，便赶紧竖起耳朵。这也让我感觉好多了。

"最后一种猜得差不多。"他看着母亲说。她还是心不在焉。

他能感觉到吗？我想知道。他能感觉到她心不在焉吗？

他回头看着我们所有人。

"快猜对了，"他说，"但事情并不完全是这样。"

父亲继而告诉了我们细节。

"那时，我们刚刚高中毕业。

"我们相爱了，但还不到结婚的年龄。

"宝宝被别人收养。

"后来，我们结了婚，有了你们。

"现在……我们终于找到了他。"

他侃侃而谈，描绘了一幅相当美好的图画。而此时母亲游离于现场，不知是在大海中漂浮还是溺水，他告诉了我们一些真相。

我不记得我们在那里坐了多久，但父亲曾让我们休息一下。

"说了这么多，"他说，"我们是不是要停一会儿？"

停一会儿，我心想。但是，我的问题呢？

我充满了疑问：

母亲在哪儿？

为什么我这么冷？

一旦我们找到这个新的兄长，他是否会住在我们家？

但我很少问问题。有三个原因。首先，父亲描绘的画面很美，不是吗？其次，小孩子不应好奇——我们要做讨人喜欢的小孩子。第三个原因呢，如果兄弟姐妹中最小的那个什么都知道，那只能说明她不懂装懂，一点儿也不酷，充分证明她很愚蠢。我努力证明我并不是不懂装懂，我知道的和他们一样多，即使我不知道，即使这意味着我在说谎。

然而，当我回顾我的人生时，我发现我有更多的疑问。所有这些疑问都与我是一个女孩并且正在逐渐长大有关。我意识到了这些是因为所有这些疑问都恰恰出现在我即将成年之际。

当我步入青春期时，我对我的母亲和我自己都产生了疑问。当我第一次来例假时，更多的疑问随之而来。但我从来没有问出口，也没有得到过答案。对于我生命中那件重要的事情，母亲唯一的反应便是告诉我楼上的浴室里有姐姐的卫生用品。这是我唯一知道答案的问题。但是谁会告诉我如何使用这些卫生用品？谁能告诉我为什么经血的颜色这么深？谁会告诉我下周的生日派对我该做什么，包括去海滩大道的水上运动中心时，我该怎么做？我以后面对难堪的时刻应该怎么办？没有人，没有人会告诉我这些事情的答案。

当我与当年的母亲一样，开始和男孩牵手、亲吻的时候,当他们把手放在我的裤子上时,问题更多了。

十六岁时,我告诉母亲,我的一些朋友正在服用避孕药,也许我也应该服用。我们一起去看了医生。她坐在房间角落的椅子上,我坐在那皱巴巴的白纸上。

"您有任何问题吗?"医生一边写处方,一边问道。

我看了看妈妈那张茫然的脸,又看了看医生的脸——那几乎是一张毫无感情的脸。

"没有,"我说,"没问题。"

这是一个弥天大谎。当然,我有疑问。难道她们看不出我脸上布满疑问吗?

我想知道避孕药对我的身体有什么影响,以及关于避孕药能增大乳房的神话是否是真的。我想知道如果我忘记吃药会发生什么。如果我忘了带两片避孕药怎么办。我想知道母亲是否会跟我一起去药房,因为我同学劳拉·比芬(Laura Biffen)的母亲在药房工作,如果她知道,劳拉就会知道,然后所有人都会知道,我想我可能会死。我想知道为什么有些人用避孕套代替避孕药,或与避孕药一起使用。我想知道母亲当年是否服用了避孕药,如果服了怎么还是怀孕了。我想知道这两位女士到底在想什么,她们坐在那里,母亲以为医生接下来会告诉我所有的事情，医生以为母亲会私下告诉我一切。一直以来，我就像走在森林中，其中一条通往未来的岔路口，如果我知道这些答案，我可能会选择其中某一条路，而不知道答案，我会选择另一条路。我想知道为什么母亲没有告诉我她对这些岔路口的理解。

作为一个小女孩，我认为父亲那天在客厅里告诉我们的一切，以及母亲从未补充过的一切，都像极了一本书——《所有真相》(*All of the Truth*)。随着年龄的增长，我意识到我误解了书名，我们的生活更像《部分真相》(*Part of the Truth*)。

但是，告诉孩子们多少真相合适呢？因为可以肯定的是，10—11岁的孩子和17—18岁的孩子应该知道的真相是不同的。决定告诉我们多少真相，又意味着什么？

随着年龄的增长，当我审视自己的生活时，我清楚地知道：我当时在生母亲的气。后来也在生她的气，现在也在生她的气。

而这种愤怒，我并不知道从何而起。它并不是一下子出现在我心里的，而是零零散散地，从每一个未问和未回答的问题中积蓄起来的。多年来，它无声地钻进了我的心里。当它以愤怒这种方式出现时，我不会称之为愤怒。事实上，我根本不会将它说出来。我会按照母亲教我的方式行事——远离它，继续前进。我告诉自己被教养得很好，被照顾得很好，因为一直都是这样的。然后打盹睡去，因为这样确实太累了。

我摒弃了自己的女性特质——因为我看到所有没有问出口和所有没有得到答案的问题都直接出之于它——我将它认定为无足轻重、无关紧要的东西。经过一段时间后，我开始不再在意它，我将所有与之相关的东西都抛开，发展出一种"女性模子"之外的自我，同时将自己放进一个更加男性化的模子，一个不太适合但往往更加有用的模子。我变得愈加不像自己，变得更像一个男人，不遗余力地证明自己就是这样，并引以为傲。至少我一直就是这么做的。

我经常对自己摒弃女性特质的转变感到诧异——为何我可以轻松地拿起这把斧头。但实际上，根本没有什么好诧异的。毕竟，这正是母亲教导我的事情，是母亲手把手教我的，是我成长的环境、我周围的社会和制度系统，帮我将刀刃放在了正确的位置上。

当然，这方面并没有明确的教学大纲，这是一种情景教学。通过观察和渗透，我学会了将自己的某些部分隐藏起来，掩盖自己的女性身份，这是人们乐于接受的，也是他们期待看到的。当故事由父亲讲述时，我知道了男性的声音更有分量。当母亲将自己的某些部分隐藏起来时，我知道他们也鼓励我这样做。后来，当我知道母亲所隐藏的一切都不是偶然的，而是与她为人母且是一个女人有关时，我想，越早不再将某个事物视为生命之重时，就能越早摆脱它。因为，就像心材一样，它会逐渐变得枯燥无味。

我看向母亲，她正站在一小堆皱巴巴的纸面前。

"接下来我们该怎么办？"她问道。

我找不到答案，忙于应付内心的愤怒。好像母亲从未说过甚至从未感受过的东西，现在都装在一个袋子里，我需要紧紧抓住它。不知何故，这些年来，她的痛苦似乎已经转移到了我身上。而现在，她会逐渐忘记，继续生活，把还记得的部分留给我。这些东西在我身上的变化就像一个逐渐融化的过程，发出灼热的疼痛，而我根本不知道该如何应对这种疼痛。

突然，我拼命地想尖叫。唯一的问题是，我再也不知道如何尖叫了。我觉得我可能会破碎，可能会变成地上的一堆碎片。我的头脑中没有足够的知识，来处理脚、手和指尖的灼热和疼痛。没有人教过我如何处理这种感受。没有人教过我如何去感受它。事实上，他们曾告诉我的只是它根本不存在。

就在那一刻——我一只手拿着火柴，另一只手拿着袋子——开始明白：与留在内心的自我相比，游离在外的自我占据了主导。愤怒已经占据了我的内心。

痛苦，无论以何种形式，都不适合出现在相当美好的家庭画面里。它几乎不会出现，我们也很少讨论它。除了有希望的事情和大黄派[1]的味道，我们家没有谈论其他事情的空间。我不知道如何应对愤怒，也不知道如何处理悲伤、哀痛或狂躁的愤怒。我不知道应该把这些东西放在哪里。它们不应该属于我的内心，但我心里确实有这些东西，我也不知道如何将它们驱赶出去。

我的第一反应是冲母亲大喊大叫。抓住她的肩膀，摇晃着她，大声号叫。这么多年来，我们一直彼此隐瞒，看在上帝的分上，这是我们最后的机会。难道她看不到吗？

---

1 一种以黄油、小麦粉粉为主料的西式馅饼。——编者注

但此时尖叫已经为时已晚。因为对一个患有阿尔茨海默病的小女人大喊大叫是没有意义的，对我们俩都极为残忍。

我的第二反应是把这些情绪变成一种心材。把这一切——对于母亲关上心门的愤怒，以及对于阿尔茨海默病将它们全部遗忘的愤怒——都深深地埋在我的心里，永远将它们放在那里，一直到生命的尽头。我的本能是用一种空洞的黑暗来压制我的愤怒。

明知这是一种本能，但我并没有屈服于它。我感觉到疼痛会继续在我的血液里流动，如果我不把它展现在自己面前，展现在所有人面前，它就会如鸣鼓一般，惊扰我们所有人。

"痛苦在家庭中流传，"人生蜕变导师和原生家庭伤害治疗师斯蒂芬·瓦格纳（Stephi Wagner）写道，"直到有人准备好感受它。"

我无意走母亲的路，或外婆的路——我无法忍受这种慢慢将人分割开来的过程，实在过于痛苦。所以，我必须想办法来承受这种痛苦，想办法尽可能将其从我身上赶走，从我成长的土壤里赶走。

树干并不通过心材运输水分，也不通过它将糖分输送到枝干，它并不参与树干的"血液循环"。恰恰相反。心材由完全没有生命的细胞组成。它已经死了。这是事实，证据确凿。心材已经石化，是树干内心最私密的圣地。事实上，一棵大树有一点点心材就够了。有了它，大树才能保持直立。如果心材太多，这棵树就有从内到外腐烂的风险。

感受几十年甚至几个世纪难以被感受的痛苦，和试着在一个家族中生存下来，两者之间要如何抉择很明显。

我不会把愤怒藏进心里，必须想办法把它驱赶出去。

我停下来，抬头看着天空，脑海中突然出现了一些记忆，一个瞬间接着一个瞬间，就像翻阅着一本从童年到青春期的书。

八岁时，我就知道所有这些事情都不能做。十一岁时，我就知道所有这些事情都不能说。十四岁时，我就知道我不想变成前面这些样子。耳边响起木头被劈开的声音。

我心想，我必须弄清楚这一点，但我不知道从哪里开始。

我听到母亲在一旁重复着她的问题：

"接下来我们该怎么办？"她认真地问道。

"我不知道，妈妈，"我说，"我不知道。"

姨妈划了一根火柴，轻轻地把它放在柴火堆下面。母亲揉皱的纸最先着火。它们一直在燃烧，直到将柴火引燃。紧接着，所有的柴都开始燃烧——慢慢演变成熊熊燃烧的火焰。

我站在那里，看着火焰，希望火势再猛烈一些，能够融化内心冰封的一切。

侵蚀与消除的区别

将视线转向地面,审视一下我们脚下经常被忽视的智慧,将大有裨益。

——罗伯特·摩尔(Robert Moor)

第二天早晨,我们磨蹭了很久。我很累,母亲很冷。我又为她套上了一件羽绒服,把折叠椅拉到沃尔德溪(Wild Creek)边,溪水蜿蜒曲折,圣玛丽湖(Saint Mary Lake)的湖水便汇入这条小溪中。我们在那儿逗留了一会儿,一边吃着早餐,一边看着太阳从天际缓缓升起,直到阳光洒在水面上。

太阳升起时,我注意到母亲开始眯眼,所以我走回露营地,从包里拿出墨镜。

"戴上墨镜吧,妈妈。"说着,我把墨镜放在她手里。

"哦哦哦,感觉好多了,"她叹了口气,"我忘记还有墨镜了。我们带来了是吧?"

我把手放在她的肩膀上,示意她和姨妈把盘子递给我。

"给我吧,"我说,"我去洗干净。"

母亲把她的杯子和勺子递给我,然后转向姨妈。

"她可真有本事,"她说,"我不知道她是怎么会做这么多事情的。"

姨妈笑了,她很清楚我正在做的事情大多是母亲教我的。

"我再喝点咖啡,"她补充道,"还有吧?"

"马上来,布兰达姨妈。"我说。

当我走过铺着小砾石的地面时,我听到了母亲的声音。

"看看那些——"

她又想不起来说什么了。

"蒲公英。"布兰达姨妈补充道。

"蒲公英,"母亲重复道,"对,它们都戴着搞笑的黄帽子。"

我回头看了看，发现了母亲正在看的那片黄色蒲公英。她们正坐在岸边，周围遍布翠绿色的三叶草。2007年，有一则新闻说牛津初级词典删除了五十多个单词，"蒲公英"便是其中之一。

其他还有"翠鸟""云雀""水獭""乌鸦""八哥""画眉""白蜡树""荆棘""冬青""蕨类植物""薄荷"和"黑莓"等。"三叶草"也是其中之一。这些词因为使用频率低不再被收录到该字典中。

当我读到这则新闻时，喉咙里一阵哽咽，像塞了一个栗子一般。现在，栗子也不见了。

取代上述词的主要是一些技术类词汇，如"宽带""MP3播放器""组图""聊天室"等，其他还包括"名人""辩论""公民身份""冲突"等。然而，新增词汇中最引人注目的是"警示寓言"和"濒危"。

在母亲的大脑中，词汇也正在慢慢消失，如层层剥落一般。而对于我们所有人而言，我们眼睁睁地看着一些看似微不足道的东西溜走，再也抓不住那些真正构成我们周围世界的词语。我们忘记了它们。我想知道，这对我们周围的世界有什么影响？它们会以多快的速度从我们身边悄悄溜走？

那天早晨晚些时候，我们把一些燕麦卷和煮熟的鸡蛋放进了包里，然后跳进了车里。到舍伯恩湖（Lake Sherburne）的行程很短，到登山口的步行距离更短。公园管理员告诉我们，从这里到红岩瀑布（Redrock Falls）大概有四五英里（约6至8千米）远，似乎非常适合中午漫步。

我让姨妈走在前面，母亲紧跟在她后面。她们边走边聊，我则故意落后几步。我觉得很累，这种感觉似曾相识。这是一种终生的羁绊——当情绪蔓延开来时，我的本能就是抓起枕头，蜷缩在床上睡一觉。我尽量保持清醒，边走边摆脱这种感觉，只有这样我才能感觉到其他的事物。

白杨林立的小径随处可见，可以欣赏到渔帽湖（Fishercap Lake）的壮丽景色。远处有两三个人，他们站在水中，水没及腰际。我看着他们将一连串的渔网撒入湖中，渔网就像蜘蛛网一样，闪闪发光的丝线在空中划出了优雅的弧线。

我们一直在走，一条小径接着一条小径。到处都能听到小铃铛的响声，这说明附近有一些背包客，他们将铃铛挂在包上警惕熊出没。当我们接近转弯时，小径的坡度变缓，映入眼帘的是一片低矮的草甸——越橘刚刚开始结果，顶针莓也刚刚结出很小的果实。果实成熟都为时尚早。

我注意到，走在前面的母亲和姨妈停下了脚步。当我赶上去时，我看到她们正在欣赏风景——威尔伯山（Mount Wilbur）和急流山（Swiftcurrent Mountain）——刘易斯山脉上两座巍峨的山峰。

当我们继续前进时，我开始关注周围的岩石——我们爬向高处时，它们开始变色。岩石原本是浅灰色的，上面布满了白垩状的硫黄条纹，点缀着浅绿色的青苔，当我们在高处时，颜色变得更加深沉了，并且呈现出紫色的色调。当我们到达山顶时，岩石的整片景观都变成了胭脂红——像一道红色的岩石幕布，一条小河从中间流过。又像一个玫瑰色喷泉，水从浅浅的台阶上倾泻而下，流进翡翠色的水池，令人叹为观止。

这的确是一幅相当美好的画面。我陶醉其中。

我们坐了一会儿，吃了燕麦卷和鸡蛋。姨妈向母亲展示了她最喜欢的一些瑜伽姿势。我抓起一把石头，用力将它们扔进了水里。

当我们沿着小路返回，距离停车场大约三四百米时，我们遇到了一只小驼鹿——四肢纤细，非常可爱。母亲迈开脚便直接朝它走去。

"到这儿来，小驼鹿。"说着她轻轻发出了咂巴嘴的声音。

"妈妈！"我大叫起来，并开始从小路上后退。

在野外看到一只小动物——只要是幼崽，无论是小牛或小狗——是一件非常危险的事情。因为幼崽身后就是它的——

"妈妈！"我尖叫道。

她转过头，看着我，我看到母鹿就站在那里，盯着母亲。这只母鹿很高大，也很可怕。布兰达姨妈从背后抓住母亲的夹克，开始把她往后拉。

我的眼睛还在盯着驼鹿，而不幸的是，驼鹿的眼睛一直盯着母亲。如果在那之前有人问我被驼鹿盯着是什么感觉，我会认为被驼鹿盯着就像被小鹿盯着一样。实际上并不是。恰恰相反。被小鹿盯着的感觉就像"我看你一会儿，然后就飞快地跑开了"，但被驼鹿盯着的感觉就像"我看你一会儿，然后就向你发起进攻"。非常可怕。

"希拉，"姨妈低声说，"快跑，向那条小路跑。"

我们三个人都飞快地跑到路边,躲在灌木丛下,然后很快蹑手蹑脚地绕到停车场。

布兰达姨妈和我都吓得发抖,但母亲却丝毫没有流露出害怕的情绪。如果一定要说有什么情绪的话,她并不是害怕,而是沮丧。

"你为什么要拉我?"她厉声问布兰达姨妈,"我想看看那只驼鹿。"

"不,希拉,"姨妈笑着说,"不,不可以。"

回到车里,我们一路驶向南方。不久,我们停在了冰川群酒店(Many Glacier Hotel)后面的一个大型停车场——这里是该地区以壮丽景色闻名的景点之一。

我们沿着急流湖(Swiftcurrent Lake)的岩石海岸走到木头码头,那里停泊着一些色彩缤纷的独木舟——独木舟上了锁,但未来几周和几个月内随时都可以出发。现在还不是旅游旺季;加之去年冬天和今年初春比平常更冷,周围几乎没有人。

"我去找下厕所,"姨妈说,"希拉,你要跟我一起去吗?"

母亲点点头。她看起来有点冷。

"我要拍几张照片,"我说,"一会儿去找你们。"

"听起来不错,"姨妈说,然后转向母亲,"我们先进去暖和暖和,希拉!"

我看着她们快步离开码头,朝酒店走去。

独处时,我深呼吸,长长地叹了口气,随之感到紧张感从肩膀上释放出来,泛起阵阵涟漪。在旅途中,我几乎都是或站或坐或睡在母亲身旁。而此刻,我还有点生母亲的气。一切都那么令人困惑。

我到底在生谁的气?我想知道。

我抬头看着陡然耸立在湖水对面的群山。格林内尔山(Mount Grinnell)——一座巨大的三角形山峰在最前面,不远处是雄壮的古尔德山(Mount Gould)。就像我们那天早晨看到的山峰一样,它们也是刘易斯山脉的一部分。

所有这些山峰都极其陡峭,棱角分明,由华丽的岩石层组成,令人叹为观止。它们不像许多其他山峰那么高,尤其是它们的母峰落基山脉,但它们同样引人注目。在大自然的鬼斧神工下,它们看起来像是从地面拔地而起的黑色钻石。

在这里很难看到这片区域的冰川,但我知道它们就在那里,像巨大的钻石项链一样镶嵌在山脉的锁骨上——包括格林内尔冰川（Grinnell Glacier）和蝾螈冰川（Salamander）。一条条冰川穿过冰川国家公园，成就了冰川山区瑰宝的美誉。

在来这里之前，我阅读过一些关于冰川的资料，国家公园管理局在他们的网站上引用了一句话，说到2030年公园的所有冰川都将消失。它们将会融化。在那一刻，当我站在码头上那些五颜六色的独木舟旁边时，它们就已经在融化了。这些冰川隐藏在山里，我看不到，但它们正在融化。在料峭的春末，它们也在逐渐消失。

当我们失去某些东西时，我们通常是失去后才意识到，诸如一个钱包，一串钥匙，甚至是今天早晨才用过的笔，用完后明明放回了桌子上。我们总是难以清醒地认识到我们正在失去什么。我们看不到自己正一点一点地失去我们的钱包或我们的话语——不会在知道它们在失去或看着它们失去中过日子。

大多数时候，失去某样东西并不是这样发生的。或者也许确实如此，但往事不堪回首，难以忍受。

因为失去一些东西是一回事，但处于失去它的过程中——处于某个临界点，介于两者之间，你眼睁睁地看着事情发生——又完全是另一回事。我想不出比这更令人不忍直视的事情了。我也想不出还有别的像这样我宁愿看不到,更不用说去感受,但不得不记住的事情了。

大一时,我几乎每天都想起母亲。想到她怀孕时,刚刚上大学一个月左右,当时她几乎被迫辍学。

第一学期时,我上了社会工作课程,这是文科教育的一部分内容。选择研究主题时,我选择了领养。这是一个完美的借口。

我心想:终于,我可以问所有的问题了。

我起草了一份清单,制定了计划,打着学术研究的幌子,提出了所有的问题——所有我渴望知道但一直得不到答案的问题。

白天,我给家里打了电话,因为我知道白天只有母亲一个人在家。然后,我终于鼓起勇气提问。

"您去了哪儿?"我问道,"比如,您还记得怀着卡尔时被送到的地方吗?"

母亲一无所知——完全一无所知。所有问题都如此。她一个问题也没有回答。她不知道自己去了哪里,也不知道那里还有谁。她不确定自己穿了什么,也不确定她是否有室友。她不知道吃了什么，也不知道她是否可以使用电话。她不知道自己是怎么到医院的，也不知道是否有人在那里牵着她的手。什么都不知道。就好像所有真相都在她的眼前消失了一般。也许时间久远，看不到了，更别提感觉和记住了。

我不知道是怎么决定或是谁决定将母亲送到"未婚女孩之家"的。我交谈过的大多数人，以及我读过的大多数书，都将这些地方称为"家"，但我不这么认为。家才不像医院和冰冷的教堂地下室一样呢。一个家，尤其是女孩的家，并不禁止女性访客。一个家不需要你在抵达后便更改姓名，让在这里认识你的人出去后就不知道你是谁了。一个家不会把一个临产的18岁女孩放在出租车后座上，让她不知道到达医院后会发生什么。一个家不会把羞耻作为让人们沉默、听话的工具。对不对？我不知道。我甚至不知道以上是否是我母亲经历过又迅速遗忘的事情——这只是我最终提交的社会工作论文中的部分调研内容。

我所知道的是：人们在我母亲18岁时就鼓励她抛弃自己的某一部分，忘记它，并继续生活。当她被诊断出患有阿尔茨海默病时，距离她的60岁生日还有一个月。

要练习遗忘，五十年的时间足矣。

五十年，一棵树从倒下到消失大致也需要五十年 —— 树被砍倒，真菌传播到心材，从里到外开始腐烂，将剩余的所有营养物质送回土壤。树从倒下到完全腐烂 —— 五十年。我在某处读到红橡树需要四十九年，香脂冷杉需要更长的时间 —— 大约是六十三年。

冰川需要十到一百年才能消失。但它们也会消失。然后呢？

当冰川国家公园不再有任何冰川时，我们还会称它为冰川国家公园吗？

当母亲不记得她有女儿时，我还能称她母亲吗？

哪些词还会被从我们的字典中删除？

什么会消失？什么会留下？

我站在码头边缘，低头看着水面。希望我能解开其中一条独木舟的锁，爬进去。

然后，突然，我的白日梦被打断了。水中的倒影引起了我的注意 —— 山脉倒映在水中，形成一个完美的光晕。当我的眼睛掠过湖面时，眼泪开始滑落。我沉浸在水中波光粼粼的倒影中 —— 花岗岩山脉完美地倒映在水中。

抬起头，一个声音在低语。

声音来自哪里并不重要。我循着指引，抬头望向天空，望向远处高耸的山峰。

不是很美吗，冰在切割石头后向我们揭示了什么？这个声音问道。

我感到更多的泪水从我的脸上滑落。随着我的视线向上，我突然确定我听到的声音是大自然母亲的声音。

故事不在于逝去的东西，而在于留下的东西，它低语着。你必须让一件事变成另一件事，你必须让它发生转变——这就是侵蚀。亲爱的，如果你不这样做——它就会消失。这就是消除。

我觉得自己想要争论，我已经准备好辩护。

"但那不是我母亲——"

一个声音打断了我。

不要狭隘到认为这里的所有东西都被清除了，这个声音继续说道。那些山脉和岩石留了下来，它们包含了一切——古代海洋的证据——矿物质、化石藻类以及近10亿年历史的沉积岩。这里有古老的智慧。你可能会看到一些无声的东西——或许只是一块大石头——

但是别以为其中并不存在全部的历史、一种完整的存在和认知方式。

"但她没有变——"

嘘,那个声音说道。当然,她变了。只要回头看看水,你就会明白。

慢慢地,从码头边缘,我低头看向水面。水面倒映的是我自己的脸。

那些冰川就是母亲。下面露出的岩石就是我。

母亲让她的痛苦变成了别的东西。她任由它侵蚀成一种无声的爱。她屈服了。她让生活在她身上雕刻出一些东西。母亲的痛苦逐渐消退,被碾碎了。它们从岩石变成了黏土。她用黏土造就了我们每一个人。

母亲是一位雕塑家,她的五个孩子就是她对痛苦的转化。她屈服了很多次,不知道不是这样她会是什么样。而现在,我正在看着她再一次屈服。

我可以这样做吗?我想知道。我能把痛苦变成爱吗?

我听到岸边传来姨妈的声音,抬起头来。

"我以为你会去找我们,"她说,"我强烈推荐那里的厕所——比我们一直用的灌木丛要好得多。"她笑着补充道。

我赶紧擦了擦眼泪,转身面对她。她和母亲手挽手站在一起,已经被同一个倒影吸引,一系列的倒影像在水上舞蹈一般。

"是不是很漂亮?"她说,声音越来越小。

母亲是一座被雕刻的山。一个生而伟大的灵魂——一个用风和水、火和冰来塑造的人。

我是一座需要动力的山。一个生而渺小的灵魂——一个需要发掘和改变的人,一个需要调整断层线才能真正崛起的灵魂。

借来的风景

无论我们是否真的像自己看到的那样,母亲是我们关于自己的第一个也是最持久的映像,一面我们从出生到离世都凝视的镜子。

——格林尼斯·麦克尼科尔(Glynnis MacNicol)

我们在路边发现了一家餐馆。墙壁被刷成了浅紫色,侧面有一块明亮的橘蓝色标志,上面写着:两姐妹餐馆。

"好吧,我们就在这儿歇一歇吧。"姨妈在汽车后座笑着说。我把车停到砂砾铺成的停车区域,三个人便走了进去。

我们点了俱乐部三明治和大份炸薯条。考虑吃什么甜点时,我用餐厅的Wi-Fi查询了有关驼鹿的信息,以及看到驼鹿在精神上代表什么。我找了一个描述各种植物和动物含义的网站，输入"驼鹿"，并向母亲和姨妈读了其中的一些描述：

"尽管它们体型庞大，"我读道，"但它们能够飞快地穿越领地，且完全不让人注意到。驼鹿教会了我们存在和隐身的力量。它们聪明而稳妥，知道何时让人们知道它们的存在，知道该说什么、何时说以及对谁说。"

"希拉，"姨妈笑了笑，"你就是一只驼鹿变的！这就解释了一切——包括那只驼鹿今天为什么不伤害你！"

母亲举起双臂，将拇指放在头的两侧。随即，她开始晃动手指，伸出舌头。

"我是一只小驼鹿，"她笑着说，"小驼鹿，小驼鹿。"

母亲就像一只驼鹿。我没有听到她的声音并不意味着她不在那里——通过说话、引导、推动，她给我指明了许多路。一直以来，我都误会她了。一直以来，我误解了许多事情。

"看起来你们三个玩得很开心。"女服务员一边说，一边把一大份水果酥皮点心端上桌子。

"是啊，"母亲说，"我们玩得很开心。"

她伸手拿起了其中一个甜点勺。

"这是我的……"

她找不到那个词了。

"勺子，"我说，"是的，那是你的勺子。"

"哦，好，"她说，"我就是想说勺子。我想知道哪个是我的，不能让你偷偷吃掉所有的布丁。"

说完，她揶揄地看了我一眼，用勺子把我的勺子推开，抢先吃了一口。

当我们三个人吃完这份点心后，碗看起来很干净，可以直接放回橱柜里——汉弗莱斯县的女人就是这样。凭借无可挑剔的餐桌礼仪（包括对刀、叉和勺子的熟练掌握）加上对甜食的热爱（近乎暴食），菜肴一端上餐桌就被洗劫一空了。

往车上走时，布兰达姨妈指了指两姐妹餐厅的标志。

"我们拍张照片吧。"她说着，示意我拿出相机。

母亲抬头看了看牌子，顿时一头雾水。

"但我们是三姐妹。"她说。

"不，希拉，"姨妈搂着母亲回答道，"你和我才是。"

"但……"

"她是斯蒂芬,"姨妈说,"她是你的女儿,斯蒂芬。"

母亲停了下来,对我笑了笑。

"斯蒂芬,"她慢慢地说,仿佛要唤起一点儿零星的记忆,"总是在地下室看书的那个。"

她又盯着我看了一会儿。

"你……你变漂亮了。"她补充道,好像我还是小时候那样,不知怎的,她偷偷溜到未来看了我一眼才这样说。

阿尔茨海默病是我母亲的"相对论"。时间就像线团,过去、现在和未来缠在一起 —— 像一个虫洞,又像一座将爱因斯坦和纳森·罗森[1]连接在一起的桥。有一天,一切都会坍塌。有一天,她会消失在其中。但如果你相信你周围的每个人都已经消失了,那还重要吗?

每当我看到那天拍的照片 —— 母亲和姨妈站在那

---

1 纳森·罗森(Nathan Rosen):美籍以色列物理学家,与爱因斯坦共同提出虫洞(又称"爱因斯坦-罗森桥")假说。

家餐厅前的照片，我都在想那是不是真是她们，还是毕加索1902年创作的《两姐妹》，或者雷诺阿1881年画的《两姐妹》？我心想，也许是大自然母亲的姐妹——形成于中生代的喀斯喀特山脉的"两姐妹"山峰。

这不是母亲第一次对我是谁感到困惑。在我们旅行之前，她就开始搞不清了，残忍的是，一直到旅行结束，她都没有弄明白。

在我们乘坐飞机离开的那天早晨，我们两个人一直站在我家楼上的走廊里。我刚走出浴室，她就站在那里，即将下楼。

"早上好，妈妈。"我说。

"哦！"她说，"早上好。"

她有点儿猝不及防，好像她没想到这么早在她家看到我，或者可能看到任何人。

我停了一会儿，让她的意识跟上，当我认为它已经跟上时，我看着她的眼睛。

"我爱你，妈妈。"我说。

"谢谢你。"她说着，语气中带着几分惊讶。

这是一种奇怪的反应。就像一个陌生人或好心的邻居刚刚帮了你一个小忙——例如，把门打开，或者在公共汽车上给你让座，你才会做出的反应。

她转身下楼，然后，还没迈开步子，就转身面对我。

"我也爱你。"说完便继续下楼了。

这个反应和说"谢谢"一样奇怪。她的语气不带丝毫感情，就好像她知道应该这样说，但不知道究竟是为什么。

母亲知道她爱我，我心想，但她不知道为什么。

她的大脑中不再能完全明白我是谁，我们之间的确切联系，或者我们的共同经历。她的大脑中被提取出来的东西已经太多了。爱已经变成了一个常识性的等式：

如果这个人在我家楼上的走廊里，如果他们看起来很眼熟，并且告诉我他们爱我——嗯，那一定意味着我们在某种程度上是有联系的，那一定意味着我爱他们，或者，至少，我应该爱他们。

再过一年左右，我对她而言就会像流水一样——关于我的记忆就像流水一样轻轻拍打在她的海岸上。

我想知道，生活中有这么多不同面孔的人来来往往，她是否感到头晕目眩？她内心生活的地方，时间是否是流动的？或许人们有时会以他们过去的样子在她眼前出现，有时会以她想不起名字的熟人的样子出现，这是否会令她困惑？有时候，她会向一个贴心的陌生人求助，以略带恐慌的方式说："哦，我的天哪！现在几点了？我得回家陪孩子。"

"remember（记住）"这个词来自拉丁语"rememorari"，意为"唤起记忆"。母亲的大脑虽然不能再唤起记忆了，但奇怪的是，我觉得她的身体可以。我希望有这样一个词，一种表达，也许是另一个拉丁短语。

我们有一种内隐记忆——可以不假思索地记住要做的所有事情。还有一种外显记忆——让我们有意识地回想事情。法语中有一个术语——"mémoire-habitude"，用来描述更类似于肌肉记忆的东西，即身体对重复的动作的记忆。但我想要一个不同的词。

在某种程度上，我觉得她对我的认知，不再是存在于她身体的一套动作里，而是存在于她身体的一种感觉中。这是一种关乎躯体的东西。我觉得她的身体对我的了解好像是镶嵌在细胞里的——一种无言的认知，遍及她身体的每一处，就在她的皮肤下，一种筋膜的记忆。

但渐渐地，那也没有了。又过了一年左右，对我的这种感觉几乎消失了。我所有的痕迹，从母亲的脑海中消失了，从她身上消失了。

那个地方冷吗？一切消失的地方冷吗？这些空出来的地方是不是特别寂寞？那些被遗忘的人会怎样？就这样不被记得了吗？

由于母亲忘记了我是谁，我担心我也会忘记。我的身份，我觉得我刚刚开始了解的身份，也会越来越远。

很多人说，当我们所爱的人去世时，我们的一部分会与他们一起离去。但那天晚上，当我将母亲的睡袋拉链拉上时，我想知道他们是否错了。我想知道他们的真正意思是，当我们爱的人去世时，我们不会再从他们那里确认我们的身份。感觉就像我们自己的一部分突然消失了，而实际上是这些消失的部分要我们鼓起勇气、找到力量，伸手抓住我们所爱的人一直为我们举着的镜子。

我想知道我们是否可以做到。如果可以的话，我想知道我们是否会在镜子里看到自己——完整的自己，像以往一样闪耀。

我发现这难以置信,尤其是当涉及我们的母亲时。

没有她,我是谁?那天晚上,当我把为她塞被角,把头靠在她旁边的枕头时,我心想。

去了解一个人的内心,生活在她的心里,经历过她的一切,沐浴在她的每一个想法、每一份情感中——我们只能这样去理解母亲。我们的存在是通过徜徉在母亲的意识和无意识中慢慢形成的。我们的心跳以她们的节奏为基础,我们的想法与她们的愿望和忧虑紧紧联系在一起。以这种方式了解自己,几乎不可能将她们的东西和我们的东西分开,也不可能将她们与我们割裂开来了解彼此。

我的母亲是我内在的风景,在我尚未出生之时,是她孕育了我。她是我成长的岩石和肥沃的土壤。不知何故,沿途的某个地方,我确信她给我的东西是属于我自己的,而事实上,这些东西一直都是借来的,是借来的风景。我害怕归还我从母亲那里借来的东西,因为,亲爱的上帝,谁会留下来呢?什么会留下来?

我听着一旁母亲的呼吸声,节奏缓慢而稳定。我很想把头靠在她的胸前,感受它上下移动的感觉,让我的心跳与她的心跳同步,但我不想吵醒她。或许我是不想唤醒自己。现在还不是时候。醒来后,这一切会感觉尤为艰难。

她就像那些冰川一样,在逐渐消失。当我看着她时,当我们面对面站着时,以及在我拍摄的照片中,我都能看到她正在逐渐消失。她的下巴逐渐松弛——一种非常微妙的变化。眼睛里的光也在逐渐消失。她的养分从心材回到了土壤中。她在放空自己。我不知道她走了后我会怎么样。我没有了镜子,也没有了地图。

我把手伸进帐篷口袋里拿手机。我打开手机里的相机,切换到自拍模式,然后躺在那里,看着自己在手机中的模糊图像。在黑暗中,我开始在自己脸上寻找她的影子。我盯着手机,摸了摸脸颊,捏了捏鼻尖,手指从几年前开始爬上我额头的皱纹上滑过。

这些皱纹像她的皱纹吗?我心想。在我的脸颊上是否可以看到她的影子?

我觉得我跟母亲长得并不像。虽然像她一样,我的脚也特别小,臀部比较翘。我像她一样忧虑,像一块沉重的石头把事放在心里。但我在我的脸上看不到她的影子。她的眼睛比较小,像水晶一般,笑起来眯成一条缝。她的鼻子小巧玲珑,额头较窄,下巴线条干净,肤色红润。我在自己身上看不见这些特征，也感觉不到。

躺在帐篷里时，我突然感到有些没着没落。好像没有了支撑。下面什么都没有，上面也什么都没有，甚至身体里面也什么都没有。

我放下电话，感到头晕目眩。整个世界像万花筒般绕着我旋转。

我知道自己是谁吗？我心想。

我的脑海里疯狂地"回放"着记忆——在过去的几个月里，我一直站在母亲面前，看着她一边思索着我究竟是谁，一边接纳着我。我一直站在那里，晃着脚——从脚跟晃到脚趾，反反复复，等待着她叫出我的名字。

我想知道。如果我不是母亲的女儿，我是谁？如果我不是那个叛逆的女孩，我是谁？

在帐篷里，在令人眩晕的黑暗中，我感到有什么东西在动，在这种旋转中有某种可能性。

我心想。也许就是这样，也许她忘记我是上天的礼物。

只需片刻，我就了然了。此时眩晕——突然停止了。

如果母亲忘记了我是谁，我也会忘记，那就不要管在她眼中我到底是谁了，重要的是我成为什么样的人。

如果母亲再也认不出我，我也仍然可以这样做。我可以回到过去，找到真正的自己，找回那些从我身上甩掉的水滴。此后，我就可以完整地向前走，成为我希望成为的自己。

想象一下，如果我们放飞自我——卸下我们戴的面具，我们扮演的角色，我们在人前的假装，会发生什么。想象一下，如果我们能够瞥见一些无法辨认的未来，并为之奋斗，没有期望，没有长达数十年的絮叨——来自我们自己、母亲或其他人——那些阻碍我们前行的教诲，会发生什么？

当我躺在漆黑的帐篷里时，一种感觉袭来——一种巨大的能量从我的头顶一直流窜到脚趾，然后又回到头顶。这感觉就像回炉重造，或者接近回炉重造。

我们的故事已经产生了一条主线。母亲开始忘记我是谁的那一刻就是我开始记住自己的一刻。

我感觉到自己张开了手，感觉自己放开了她的手。

我不知道接下来会发生什么，但对我来说，所有这些顿悟都出现在黑暗中，在夜空和尼龙制成的摇篮里，除了母亲的呼吸声，什么都没有，这似乎不是巧合。我有一种感觉，我的人生之路可能永远都是这样——在黑暗中寻路，周围的阴影就是我可以追寻的地方。伸出手指在墙壁上摸索，寻找前进的道路，这就是我内心的地图，巧妙地描绘出母亲在我出生前在我心中孕育的千里荒野。

这段旅程从来都不是关于我如何看待母亲，或者是关于母亲如何看待我。这是关于一种成全——我们两个为彼此提供了一个广阔的空间，让我们成为我们一直以来想成为的人。

这是一种作为女性的荣耀，既是空间的馈赠，也是在其中获得的重生和观念大转变。

这是她令我骄傲的女性特质——揭示所有被保留的事物，进行改造，发掘野性本质。这是自我的重生，可以充实我们的本性。

在那一刻，我开始理解母亲的沉默，和她深埋在内心不为外人所知的东西。找到了她内心的地图，找到了她获得转化和解脱的途径之后，难怪她会守护着它们。因为这是她自己炼金的圣杯。

正如一位优秀的炼金术士一样，母亲知道如果要从火中获得任何东西，就必须先将一些东西投入火焰中。而我还没有给出任何东西。

母亲就像一位炼金术士，一位神秘主义者。阿尔茨海默病是她的试金石。遗忘是通往回忆的道路，漫长而曲折，对她和我来说，也许对我们所有人来说，都是如此。

躺在帐篷里时，我感觉到我内心的一些东西被劈开、掉落，一些愤怒消散了。那天晚上睡觉前，我感到内心逐渐明朗：这趟旅行从来不是为了揭开母亲内心的秘密，而是为了揭开我内心深处的秘密。

屈服的旗帜

悲伤不会使人沉沦,为了避免悲伤而耗费精力才会使人沉沦。

——芭芭拉·布朗·泰勒(Barbara Brown Taylor)

看着姨妈的车从露营地离开,母亲的眼泪顺着脸颊滑落。当汽车到拐角处的某个地方,我们再也看不到、听不到时,母亲转身面向我。她什么也没说,只是站在那里看着我,脸上露出少见的悲伤神情,泪水在脸颊上泛光。

大约一个小时后,我们也离开了露营地。沿着碎石路往下走,回到蜿蜒的山间公路——这次是往南走。

冰川国家公园西侧的群山峰峦起伏,直至水天相接处,像大自然母亲的心电图。东边的山峰则不一样,走向就像是陡然停下来了。刘易斯山脉和落基山脉的前侧走向像是突然收住了脚步,山腰处猛然收紧,紧接着是大平原即北部大平原,草地绵延千里,穿过蒙大拿州的其他地区,一直延伸到北达科他州。我不习惯眼前这一望无际的土地,一样望去,景色尽收眼底。

一驶进草原,一种奇怪的感觉涌上心头——一种来自狂野的平静与原始的脆弱交织在一起,这种脆弱来自袒露,因为当你可以将草原上的一切尽收眼底时,你也坦露在这一切面前了。

我们向东行驶,穿过一条小溪,前往一个叫布朗宁的小镇,这里是黑足民族的主要聚居地和部落政府所在地。离城镇大约两三英里的地方,一块标志牌引起了我的注意。我看不清上面所有的字,但我看到上面画了一顶黄色的印地安人的帐篷,写着"画廊"一词。标志牌上方,一面白色旗帜迎风飘扬。

经过那里后,那面旗帜的形象一直在我的脑海中轻轻飘动。

不久,我们到达布朗宁,准备吃午饭。

"我们接下来要去哪里?"我们点了一些食物后,母亲问道。

"问得好，"我说，"我也不太确定。"

我们最初的计划是向北行驶，穿过加拿大边境，在沃特顿湖群（Waterton Lakes）、班夫（Banff）和库特尼国家公园（Kootenay National Parks）绕一圈。但是在查看了道路情况和天气预报后，我改变了主意。大部分道路仍然被冰雪覆盖，气温太低，我们带的装备无法露营。另外，一路走来，母亲75%的时间都觉得很冷，向北绕并不可行。

虽然我知道我必须想出下一步要去哪里，但我也知道我们并不急于去任何地方。

"我们看一看，"我边说边伸手从包里取出里面的一本区域指南，想翻阅一下找找"灵感"。但是当我的手在寻找这本书时，那面白旗又突然出现在我的脑海中。

投降，我心想。白旗意味着投降，代表在撤回伤员之前的休战。

"您知道吗，妈妈——我想，我们来的路上有一家艺术画廊，我想去那儿看看，"我说，"然后，我们再往南边走，去海伦娜（Helena，蒙大拿州首府）之类的地方，也许在城里住一晚。"

母亲笑了笑。

"听起来不错。"她边说边点头。

我们付了钱,回到车里,几分钟后我又看到了那面旗帜,我放慢了速度,这样我就可以看清它下面的标志了:

洛奇波尔画廊(Lodgepole Gallery)
提皮村(Tipi Village)

我们沿着长长的道路驶向一排建筑物——看起来像一栋主屋和一些小型建筑。路上有个小斜坡,当我们开车上去时,下面旷野的景色就尽收眼底了。

十个或十二个小帐篷散布在翠绿的草地上。其中几个帐篷刷上了油漆,但大多数都是纯白色的——像绿色疆域上的星星一样闪闪发光,背后是蒙大拿州湛蓝色的天空。

"我们在哪儿?"母亲轻声问。她的语气和节奏就像童话故事的开头一样——很久以前,在某处,曾经有一个地方。

"我不太确定,"我回答道,"我们去问问吧?"

我们两个人下了车,朝房子的方向走去。

我轻轻敲了敲侧门。

"你好……"我说道,提醒主人有客人来了。

从外面看,很难判断这是一间画廊,还是一处屋舍,抑或是某个私人艺术工作室。我担心我们可能走错了地方,但随后我们听到里面的房间传来一个女人的声音。

"到这儿来。"那个声音说。

我们继续往里走,就更难分辨出这到底是什么地方了。每个角落都充满了艺术气息 —— 有完整的作品,还有尚未完成的作品。我们经过几幅画作、一些精美陶器、一些饰有珠子和羽毛的兽皮以及几个摆放着手绘贺卡的架子。

在拐角处,我们发现了另一个充满艺术品的房间。在后面,我看到一个女人坐在桌子后面。她正在静静地整理一些文件。

当我们走近时,她停下手中的活计,抬起头,对着我们微笑。

"哇,"我说,"这些都是您的吗?"

我指的是那些艺术品。

"大部分都是达雷尔(Darrell)的,"她从椅子上站起来说道,"但我们也有很多其他本地艺术家的作品。您随意参观一下。"

"谢谢,"我说,"我们看看。达雷尔是谁?能告诉我们达雷尔是谁吗?"

"他是我的丈夫,"她说,"著名的黑足艺术家。"

听着她说话,我点了点头。

"我正要去煮点咖啡,"她说,"您要来一杯吗?"

"哦,我们在午餐时刚喝了一些,"我说,"谢谢。"

女人离开房间,过了一会儿,手里拿着一杯热气腾腾的咖啡回来了。

"您只是路过吧?"她问道。

"是的,嗯……算是吧,"我说,"我们 —— "

母亲站在我身边,我轻轻地搂着她。

"这是我妈妈,"我说,"我们刚刚在冰川国家公园待了几天,本来要向北走 —— 但是,天公不作美,那里还很冷。"

"这里也很冷,"她说,"今年冬天似乎还没结束。"

"没错,"我说,"所以我们调整了计划。我不确定我们接下来要去哪里。也许会在海伦娜过夜。"

"你们还是待在这里吧。"女人说。

"不好意思……'待在这里'是什么意思？"我问道。

"这里。"她说着，示意我们跟着她走出后门。

我们从后门走出去。从那里可以看到更壮观的帐篷景观。

"你们可以在里面住一晚。"她指着帐篷说。

她带我们回到屋里。

"这里是黑足人的聚居地，"她解释道，"值得一游。我们还提供晚餐。达雷尔会做传统的黑足人菜品，今晚吃的是炖肉。"

"您觉得怎么样，妈妈？"我问道。

她什么也没说，其实她什么也不必说，因为她仍然若有所思地凝视着田野的方向，那里散布着印地安帐篷。这足以说明一切。

我们付了一晚的住宿费，然后回到车上拿我们的睡袋和露营折椅。之后，那个叫安吉丽卡（Angelika）的女人带我们走向田野下边的一排帐篷。路上，我注意到土拨鼠从我们周围的小洞穴里探出头来。

"两个人住，这些东西都不错，"安吉丽卡指着几个帐篷说道，"里面什么都有——打火器、柴火、火柴和几条毯子，你们可以将毯子盖在睡袋上。达雷尔会在六点左右准备好晚餐。"

"听起来不错。"我说道。

安吉丽卡离开后，我转向母亲。

"这个怎么样？"我一边问，一边掀起一个帐篷边上的大帆布盖。进去后，发现里面空间很大，可以站直身子，与我们的帐篷相比，这可称得上是豪华了。中央有一个小火坑，足以睡三四个人，但帐篷的外围有两个明显可以睡觉的区域，毯子就这样铺在草地上。旁边放着一堆劈好了的柴。

我抬头看着帐篷的顶部。帆布和杆子围成一圈，中间露出一个小口，既是烟囱，也可以看星星。

铺开睡垫和睡袋，我转向母亲。"您要玩涂色吗？"我问，"可以把我们的露营折椅拿出来，坐在阳光下。"

天气依然有些凉意，但天空开阔而晴朗，太阳高悬。

"涂什么颜色？"她问道。

"给，"我说着，从包里拿出她的涂色书递给她，"我们把椅子摆好吧。"

"什么椅子？"她问道。

"这些。"我一边说，一边抓起我们的两把露营折椅，弯着身子从帐篷里走了出来。

"来吧，妈妈。"我在外面叫她。

组装椅子时，我又看到了很多土拨鼠。它们在洞里进进出出，有时穿过田野飞快地跑到另一个洞里。我听到了母亲的声音。

"这里太整洁了。"她一边从帐篷里探出头来一边说道。"我不知道这是一套房子还是一个房间。我们睡在这里吗？"

"当然，"我指着她的椅子说，"来吧，妈妈。过来坐在我旁边涂颜色。"

"涂什么颜色？"她问道。

我笑了。

"书，"我说，"你手里的那本。"

她走出帐篷，看着手中的涂色书。

"哦，这个，"她说，"我还在想这是什么。"

她在椅子上坐下，把涂色书放在腿上。

"需要铅笔吗？"我问道。

但她没有回答，只是盯着眼前的田野，绿草如茵，像光滑的湖面。她笑了，一会儿，她仰起脸，对着太阳。

组装椅子时，我突然想到，这是我们这次旅行中第一次不在公共场所露营。我不确定这片土地是否属于达雷尔和安吉丽卡，抑或他们只是租用了这片土地，但不管怎样，它在黑足人保留地的范围内。

我靠在椅子上，母亲坐在我身边，我们俩都盯着头顶湛蓝的天空，脚下是一片花草的海洋。

公共土地和私人土地、偷盗的土地和土著居民的土地，这些概念和定义在我的脑海中盘旋。我们就是这样划分土地的，我心想。我们将土地分割开来，区分所有权，并标出谁拥有它。对人，我们亦是如此。如果我们不是这个或那个或那些东西的所有者，那我们是谁？

我们一家人曾探讨过几次母亲的事——关于母亲的健忘，关于到底发生了什么，关于可能或将要发生的事情，关于事情进展得有多快。我们巧妙地绕过了一些东西，就像在蛋壳上跳五月花柱舞[1]一样。

母亲并没有参与这些讨论，一次都没有。我一直想

---

1 欧洲民间流行的一种礼仪舞，起源于古代的一种围树而跳的舞蹈，是春天祈求丰收仪式的一部分。——编者注

知道她和父亲是否私下谈论过这些事情。我想知道他们是否会就彼此需要和想要的东西以及婚姻中的界限做出什么商定，他们两个是否有人感到过恐惧。似乎并没有，但我不确定。

不用说，我的家人并没有对超出美好和希望之外的谈话做好准备。没有一个人可以优雅地面对悲伤。

犹记得一个夏天的晚上，我们聚集在一个露台上，围坐在一张椭圆形的大桌子旁——我的兄弟姐妹、我们的另一半，还有我的父亲——最悲伤的人。大家都情绪高涨。此次对谈演绎的花柱舞格外复杂，而我们都没有排练过。

那天晚上，父亲一度开始发脾气——当你悲伤时，假设五六个人的想法和意见迅速向你袭来时，很难不生气。我们兄弟姐妹和我们的另一半组成了一个小团体。父母组成了另一个小团体，但实际上他们这个小团体只有父亲一个人。我不记得谁说了什么之后，他开始反击。

"看，"他简洁地说，"我要失去我的妻子了，我要失去我最亲爱的人了。"

潜台词很明确。他正在失去一些东西，而我们没有,他失去的与我们不同。

我也听到了姐姐的回答,颤抖但坚定。

"我也在失去我母亲。"她说。

潜台词也很明确。她正在失去一些东西,而他没有,她失去的与他不同。

他们俩都是对的。正如作家和哀伤治疗专家大卫·凯斯勒(David Kessler)所说:最大的损失永远是我们自己。

从那时起,谈话往往以失败告终。这就是我们,跳舞时围着花柱,尽我们最大努力去爱彼此。回首往事,我发现我们从来不需要谈话,而是需要交流。我们需要学习如何感受,如何照顾自己,然后照顾彼此。直到现在,我们仍然需要学习。

第二天早晨醒来时,我禁不住思考 —— 每个人都在失去别人没有的东西。

我的父亲失去的是他的妻子。

我的姐姐失去的是她的母亲。

我的兄弟们失去的是第一个孕育他们、扶持他们的人。

我的姨妈们失去的是一颗"定心丸"——是她们的姐妹。

母亲最好的朋友失去的是静静聆听心事又天真可爱的知己。

我兄弟姐妹的孩子失去的是从小与他们一起欢笑和玩耍的祖母或外祖母。

我失去的是我身份的地图,我内心的风景。

悲伤如同一个测量员,可以绘制边界线,而我们都在立桩标界。一卷带标记的胶带正在从母亲内心的一个角落一直贴到另一个角落。我知道这一点,是因为我手里就抓着其中的一端。

我们每个人关注的东西都开始缩小,只看到了我们自己的损失。从悲伤中,我们只看到了被从自己身上夺走的东西,而看不到别人正在失去的东西。当一个人以这种方式看待周围的世界时,其他问题即便他没有听到,没有看到,没有说出来,也会像地下水中的毒药一样随之而来。

"如果有人从你身上拿走了什么,"这些问题低声说,"那肯定意味着你欠别人些什么。"

我认为我可以全部知晓和掌握母亲的故事。我觉得它好像欠我的，好像我有某种权利，一种知道"所有真相"的权利。我觉得这是母亲对我的馈赠。在她将其藏在心里多年之后，我的失落感似乎变得难以被满足，准确地说，是乞求她把这个真相交出来，全部摊在桌子上。我渴望如此——因为，用小说家理查德·鲍尔斯（Richard Powers）的话说，这个真相"尚未找到就已经失去了"。

那时，在我们围着花柱舞蹈的那些日子里，我不明白的是，为什么每个人都在失去一些不同的东西——但这并不重要，因为我们所有人都在失去一些东西。

这是显而易见的。我们都喜欢将自己缩成一团，在痛苦中蹒跚舞动，同时假装痛苦并不存在，觉得无法承受自己的悲伤。因为我们从小就要讨人喜欢，认为最好是远离痛苦，所以很难接受任何损失，很难停下舞蹈，眼睁睁地看着诸如母亲一样的其他事物从我们身边消失。实际上，我们每个人都坚持自己的诉求，一直攥紧拳头直至我们的指关节变白，指甲在我们的手掌内侧留下印记。这一切都是因为我们从未明白失去、失败与屈服之间的区别，不知道"死亡后才能得以重生"。

我和母亲一边吃着炖肉,一边看着太阳落山。晚饭后,我们躲进了帐篷,我在中间生了一个小火堆。大约晚上七点半,母亲便钻进了睡袋里。

"还是这里暖和。"她说道。

我点点头,伸手拿起另一块木头,回头一看,母亲已经睡着了,手轻轻地放在脸颊和枕头之间。

许多关于母亲睡着的画面涌上心头。在某个周日下午,她的双脚搭在沙发扶手上,穿着运动鞋,嘴巴微微张着。那是某年春天,在花园忙活一天后,母亲在躺椅上睡着了,她的双腿呈"V"字形,双臂轻轻放在身侧——在开始练习瑜伽的许多年前她就已经学会了挺卧式。还有一次,在我十几岁某一天——那时我会早早起床晨练,在我离开家之前,我会走到走廊的另一边,偷偷看她的房间。看到她前一天准备好的衣服,仿佛连同她的烦恼,都被整齐地叠在梳妆台旁边的椅子上。很快,她就会把它们全部穿上,但那一刻,她躺在那里,侧身蜷缩着,枕头轻轻地抚平了她脸上的忧虑。

在我不知不觉中,母亲给我上了第一堂关于屈服的课,她可以将周围的世界按下暂停键,短暂地歇息。这些是在微风中飘扬的白旗。那天晚上,当我看着她在帐篷中熟睡时,我突然明白,这样的课还有很多。这一刻也是,但不知何故,它似乎与以往略有不同。也许是因为"噼啪"作响的火焰。也许是因为空气中飘荡的烟。不管怎样,我已经准备好开始经受我自己的炼金之火。

我想知道:我怎么会如此确信这一切都是我应该知道的?我怎么会认为她欠我的?

突然,我觉得离开身体的一部分回到了岸边。我准备回到母亲身边,但也在看着她慢慢消失,而我的另一部分继续独自站在海岸线上。

那天晚上,闭上眼睛时,我感觉到有什么东西在我的手掌中滑落。我放下了曾经以为母亲欠我的东西。我放开了那条鲜艳的彩带 —— 我围着花柱跳舞时拿着的那根彩带[1]。

我不得不感受着自己的悲伤。我不得不让因长期且缓慢地失去母亲而感到的愤怒在心中滚烫的炭火上燃

---

1 跳花柱舞时,在花柱上按一定图案绑上至少四种颜色鲜艳的彩带,人们拉着彩带,随着现场伴奏的音乐,跳出特定的舞步,然后再反着跳之前的舞步,这样花柱上的彩带又被打开。—— 编者注

烧——这也是我失去自己的愤怒。我们两个人紧闭心门，通往女性特质的道路，几乎完全被封闭了。后来，我们再也无法拥有完整的自我、完整的本性。我需要经历这所有，才能看到事情的另一面。我必须放下所有我认为母亲欠我的执念，才能找到完整的自己和完整的所在，在那里感到所有的一切都属于自己，宁静而祥和。

我的注意力从失去的思虑中转移了出来。现在，我感觉自己还会收获很多。

一个叫威斯德姆的地方

半夜醒来，我感觉到一丝凉意从帐篷边缘渗了进来。睡眼朦胧之中，我瞥了一眼火堆，火已经完全熄灭，只剩下一堆红彤彤的煤渣。虽然裹在睡袋里，我并不觉得冷，但我知道我需要重新生起火来，否则寒意很快便会袭来。我勉强从睡袋中爬出来，搅动着余烬，伸手去拿一两根木头。

蹲在地上照看火堆时，我瞥了一眼帐篷的另一边。光线很暗，但足以看到母亲的脸，她的身体随着呼吸轻轻地起伏。我亲爱的妈妈还保持着入睡时的姿势。

我朝睡袋走去，但在钻进去之前，想到应该到外面找个地方小便。

既然已经起来了，我心想。我可不能再钻进睡袋里了。

穿上放在一旁的运动鞋，我蹑手蹑脚地走向帐篷门，将门前盖子掀到一边，走出去，又悄悄地将它放回。

外面没有火堆所以我什么也看不见。半夜外出，我没带头灯，立刻就后悔了。四周一片漆黑，就像被午夜张开的嘴巴吞入了腹中。如果不是还摸得到脉搏，如果不是我的胸口怦怦直跳，如果不是手腕和脖子的一侧还在跳动，我都不确定自己是否还活着。

即使明知道面前什么都没有，我还是本能地抬起双臂，双手轻轻地四下寻找——我也不知道在寻找什么。有什么东西可以让我扶住吗？有什么东西会把我撞倒吗？我看向地面，也是漆黑一片。不管怎样，我一直盯着地面，稍微下蹲，保持平衡，在黑暗中摸索着向前走。我想离帐篷尽可能远一些，方便小便，但又不想走太远，否则可能找不到回去的路。

为什么不拿上头灯？我心想。

不知道在田野里走了多久，我脱下裤子，俯身蹲下。就在那时，我听到了一些看不到的东西的声音。我猛地站了起来，裤子还在脚踝处，只想着是否应该冲回帐篷。那是土拨鼠晚上发出的声音吗？还是远处的土狼？或者是附近的马向这里跑来的声音？我的心怦怦直跳。

"停下来，"我用坚定的声音对自己说，"这里的东西白天也都在。尿完就赶紧回去。"

我就是这么做的。

小便结束，我提上裤子，站起来，抬头看着天空。为什么刚才没有先抬头看看天空呢？我一时想不明白。天空澄澈无比，似乎可以看到银河系的每一颗星星，甚至可以看得更远。

人们不会无缘无故地称蒙大拿州为"天空之国"。那里的天空让你为之倾倒。它像穹庐一般笼盖着整个大地。周围的一切似乎都消失了，只有天空——一个巨大的黑色斗篷，装饰着数千万颗钻石，紧紧地相互拼凑在了一起。

我眯起一只眼睛，抬起右臂，将一颗颗星星连成了一条线，用我的指尖画出了宇宙。过了一会儿，我的手臂滑向一侧。我深吸了一口气，慢慢地走回了帐篷。不知何故，看完星星之后，我找到了路。不知怎么，黑暗已经不复存在。

这样描摹线条对我来说很熟悉。我曾经和母亲做过类似的事情。不是在天上，而是直接在她的皮肤上。

无论春夏秋冬，母亲的身上总是布满了雀斑，从头到脚都是大大小小的雀斑。当我还是个孩子的时候，我常常用指尖抚摸着她的腿和手臂，将一个个小雀斑连起来，绘成各种图案。不知为何，这让我感到舒适，让我平静——我的小指尖沿着她的大腿或前臂移动。她从来没有问过我在做什么，从来没有把我赶走，也从来没有制止我，让我去别的地方玩。也许这也让她感到舒适。毕竟，这一直都是她的语言，一种无声的、坦露的爱。她知道有人喜欢将她身上的雀斑连接起来，感觉就像有人轻轻在她身上缝线。

"这个点连到那个点，那个点连到这个点。"当我在母亲身上、在她的皮肤上的"银河系"中进行各种描绘时，我会这样低声细语。

母亲一直就是我的整片天空，我的星星，我的月亮，我的太阳。多年来，不知不觉中我一直在凝视她，试图将这些点联系起来。从我出生就开始，也许在我出生之前，我就已经在学习，在试着读懂母亲。

母亲甚至是整个银河系，在视野之外。而现在，她仿佛在耳语："你的内心已经有了答案。开始去探索吧。"

我蹑手蹑脚地回到帐篷里,钻进睡袋。母亲,也是我的整个太阳系,是一个巨大的天体——正在我对面熟睡。

在那一刻,我想做的就是将剩余的点连接起来,解开所有谜团,找出结论,或许还可以瞥见一个新的开始。

但我没有。我不能。我只是盯着她,在她睡着的时候问了一个问题。

"您害怕吗?"我自言自语道,踌躇片刻,便也闭上了眼睛。

她没有回答,她不需要回答。

"是的,"我回答道,"是的,我很害怕。"

而这就是我的新的开始——放下她的答案,静静地寻找我自己的答案。无论步伐多么不稳,我依旧张开手臂,伸出双手,在黑暗中摸索。这一切都感觉很熟悉,几乎是出于本能。

第二天早晨醒来时,我立刻感觉到了蒂顿人的召唤。几年前,我曾在怀俄明州杰克逊霍尔(Jackson

Hole）郊外滑雪，我记得当时想，如果能在夏天来国家公园该多好。这就是我决定带母亲去南方的原因。尽管当时我们还不知道确切的路线，但目的地很明确——我和母亲要去大蒂顿国家公园（Grand Teton National Park）。

我们俩洗了热水澡，吃完早餐，叠起睡袋，对安吉丽卡和达雷尔的热情款待表示感谢。上午9点，我们已经浑身轻松地上路了。我不确定我们能走多远，但这一天感觉充满了希望。

头一两个小时，我们沿着一条笔直的路开了很长一段距离。然后，我们进了山——锯齿山（the Sawtooths）、埃尔克霍恩山（the Elkhorns）、大贝尔特山（the Big Belt Mountains），最后，绕到了烟草根山（the Tobacco Root Mountains）和苦根山（the Bitterroot Range）。落基山脉层峦叠嶂，蔚为壮观。

在此次旅行之前的几年里，我曾多次爬山，大多是为了滑雪——我常常沿着蜿蜒的山路爬上山，再笔直地滑下去，花在滑雪上的时间，没有几年也有几个月。在那些时间里，我开始敬畏山脉、山峰、山脊。在某种程度上，我嫉妒它们，只是单纯地嫉妒。它们可以静静地站在那里，默默地忍受着一切。它们直面生活，天然去雕饰，质朴无华，深深震撼着我。直到几年前，我的整个人生都在尝试着向相反的方向迈步——我总是试图掌控着什么。当然，我不是被雕刻的东西，而是雕刻者本身。

我瞥了一眼坐在副驾驶座上的母亲——一个由风霜雨雪铸成的女人，由脚下的大地塑造的女人。

她也回头看了我一眼，笑了笑，然后举起地图。

"我们在哪里？"她问道。

"我不知道，妈妈，"我说，"但下次停车的时候，我会去看看。"

"好吧。"她说，然后继续安静地看着地图。

旅行开始时，母亲在指南书后面发现了几页地图。她立即说它们会很方便。我同意她的看法，但我一直都认为我们并不需要它们。我有手机，里面配备了功能齐全的GPS系统。

每次上车，她都要拿出地图，我很乐意满足她的要求。我觉得它们是一种绝佳的消遣——对于在长途旅行的阿尔茨海默病患者而言，它无异于孩子的iPad，里面提前下载了他们喜欢的视频。

但我错了。整个对话让我觉得我在和智能语音助手Siri一起开车，只是Siri一直忘记我们在哪儿，我们要去哪儿，以及她应该使用什么地图。

在那天之前，母亲并不那么执着于随时定位我们的位置，因为我们的路程大多都很短。但那天在三个小时之内被问了一百三十七次"我们在哪儿"之后，我马上就控制不住自己的脾气了。然后，我看到汽车仪表盘上的橙色小油箱警示灯亮了。

我怎么没有早一点儿注意到？我心想。

另一个想法很快随之而来。

我们在哪儿？我想知道。

因为即使我已经回答了将近两百次这个问题，但我确实需要知道现在在哪儿。

我不能请母亲用谷歌搜索一下下一个城镇或最近的加油站在哪里，她会感到困惑，而我也会控制不住发脾气。所以，我只是将这个疑惑抛到了脑后，并且想当然地认为在哪儿都行，弯道附近肯定会有加油站。

我又错了。

弯道附近并没有加油站，下一个弯道附近也没有加油站。油箱警示灯亮了大约二十五英里（约40千米）

后,我们还在蜿蜒的路上行驶,仍然不知道离加油站还有多远。

这时,我开始慌了神。我继续开着车,身体坐在驾驶座,思绪却开始飘忽不定,想象着各种可能出现的情景。

如果燃油耗尽,如果我不得不把车停在路边,我是要带母亲一起走还是把她留在车里?如果我离开,她会待在原地吗?她会等着我还是会走失?好的,我还是带着她吧……但在这荒无人烟的地方,我们要在这冰冷的道路上走多久才能找到一个冷冷清清的小镇?她的帽子在哪里?我们还有多少水?她穿的是什么鞋?

我在脑海中回想着刚刚经过的城镇,以及它有多远。

老天爷啊,已经走了很久了,我心想。走了至少四十英里(约64千米)了……再返回已经来不及了。为什么在离开布朗宁时没有加满油?!

我的脑海里闪过好友莎拉最近发给我的东西——那是一段带有照片的文字,上面是一个将每一盎司牙膏都从管子里面挤出来的装置。

"你需要这个。"她在短信中写道。

我和所有熟悉我的人之间一直有这么一个笑话。我喜欢在管子、罐子等容器彻底空了之后再将其填满或打开一个新的。这是一种淡淡的执着，这样能给我带来某种快乐。但这一次，它直击我的要害，并可能带走我亲爱的母亲——加油站路途遥远，我们可能在长途步行中冻死。

我的恐慌就像一股电流穿过汽车，仿佛完全脱离了我的控制，突然冲向半空，又直接在母亲面前停了下来。她把地图放在了腿上。

"怎么了？"她突然问道。

"没什么。"我咬着嘴唇内侧撒谎道。

一两分钟过去了。

"怎么了？"她又问。

所有真相，我对自己说。

"嗯，"我说道，声音短促，"我们真的快没油了。"

"还能走多远？"她一边问一边看向刚刚放下的地图。

我没有回答。

刚刚路过一个标识牌，上面并没有加油站的图标，也没有距加油站还有十英里（约16千米）等字样。

又路过一个标识牌,依旧没有。

"哦,老天!"我大声说。

我越来越恐慌,母亲亦是如此。

她从膝盖上拿起地图,无非又陷入了困惑而已。

"哦!"她说着举起地图。"我要看地图!"

然后她停了下来。

"但……我忘记了我们的位置。我们在哪儿?"

我内心的某种东西爆炸了。

"我不知道我们在哪里!"我喊道。

我感到母亲立马缩起了身子。整个小小的身体蜷缩着——旁边的座位上就像坐着一只受惊的小鸟一般。

"妈妈,"我说,"对不起。我很抱歉。只是,地图现在帮不了我们。"

"帮不了我们是什么意思?"她问,"我们怎么知道现在要去哪儿?"

她忘记了汽油的事情。我屏住呼吸。在那一刻,一股挫败感涌上来,令我无法做出回答。

她盯着我看了一会儿。

"我想帮忙,"她试探性地轻声说道,"但如果我不知道我们在地图上的位置,我也无能为力。我无法告诉你该往哪个方向走。"

我缩在座位上，长长地叹了口气。我也忘记了汽油的事情。

无论何时，母亲都不急于知道自己的确切位置。她只是想帮我。母亲并不在乎她在地图上的位置，她只是想给我一些支持。她并不是为了记录什么而追寻我们的位置，她只是想确保我们不会迷路。

母亲只是想确保我没有迷路。

我回想起我们从小到大所有的家庭旅行——乘坐双色大众面包车的公路旅行。那是母亲的车，刚好放得下所有的孩子，是野外旅行、玩耍聚会和看足球比赛的最佳选择。虽然我知道大多都是她在开车，但我想不起她开车的样子。我能想到的都是父亲开车，带我们出城过周末或短暂的家庭出游的时刻，他的右手放在变速杆上，母亲坐在副驾，抚摸着一张超级大的折叠地图上的折痕。我能想到的只是她的手指沿着我们途径的山路上上下下，一直到远处的群山。

母亲是为我们所有人拿着地图，想确保我们不会迷路。

那一刻，我意识到她也有一些事情需要放下。

我抬起头，看到一个小镇的标志。我并没有看到加油站的图标，但我知道，无论如何，我都要开进去。我需要请人帮忙。我和母亲需要帮助。

小镇本身小得可笑，真的只是一个小地方。只有一条路，几间带有破旧木栅栏的房子，还有一家渔具店——类似于驿站的商店。正面看，这里是典型的西部蛮荒景象。在商店旁边，奇迹般地，我看到一片空地上，躺着一个气泵。

我把车停在旁边，告诉母亲我马上回来。下车后，我意识到我看到的气泵实际上可能并不是一个气泵。它已经过时了，好像世纪之交的某个时候使用的装置。它有可能只是一件装饰品，是一个老物件，是添加煤油的东西。

即使它还可以用，但它看起来不像是我在没有帮助的情况下能够操作的那种东西。最重要的是，周围没有人，没办法付钱。

我向母亲挥了挥手，尽管事情进展得并不顺利，我还是给她竖起了大拇指。她也从车里竖起了大拇指来回应我。

我走进渔具店。

桌子后面站着一个穿着迷彩服的男人。他并没有招呼我。

"嗨。"我犹豫地说。

他还是没有招呼我。

"嗯……我想知道……您会用隔壁的气泵吗?"

他什么也没说。

"您看,我的车真的快没油了,请您帮帮我。"

男人面无表情地看着我,将袖子挽起来,然后转身看向身后的窗外。

从那里,他可以看到气泵和我的车。

"见鬼——"他说,喃喃着一个我听不清的名字。"对不起,"他补充道,"他就应该在那儿。不知道躲到哪里去了。"

"哦,"我说,"没关系。嗯,您是否可以,比如,给他打个电话之类的?"

"不行,"他直截了当地说。"这样吧,您可以付钱给我,我来帮你,然后如果他回来,我会把钱给他。也许我不会把钱给他,但你可以把它留给我。"

"好吧,"我说,"听起来像是个不错的主意。"

"您想给多少?"他一边开始计算费用一边问道。

"尽量多一些,"我说,"大概五十块吧。"

男人笑了。

"哦,他会因为错过这么大一单买卖而生气,"他说,"现在,来吧,我来告诉您这个旧东西是如何用的。"

我们走出商店,走到车上。我再次向母亲挥了挥手,她也挥了挥手。

"那是您的母亲吗?"男人一边问一边开始为我加油。

"是的,"我说。

"看起来人很好。"

"确实是,"我说道,"她确实很好。"

油箱加满时,我对他的帮助表示感谢,然后回到车上。

"都挺好的吧?"母亲问道。

"挺好的,"我一边说,一边发动车子,把车开到路上。"真是侥幸,但我们现在挺好。"但母亲并没有听我的答复。她正低头看着自己的膝盖。

"我在想,"她边说边拿起地图,"我们到底在哪儿?"

我向窗外望去,看到一个标识牌。

"我们在威斯德姆(Wisdom),妈妈。蒙大拿州的威斯德姆,这里一共九十八人。"

"地图上在哪里——"

"您知道吗,妈妈,地图上没有这个地方,"我撒了谎。"但您知道您能帮什么忙吗?每当您看到一辆红色的车,你就可以跟我击掌。"

"那有用吗?"她问道。

"超级有用。"我说。

"好的。如果你确定的话。"

"我确定,妈妈。每看到一辆红色汽车,您就跟我击一下掌,把那张地图收起来吧。这里不能用。"

大约两个小时后,我发现母亲正望着窗外。她的脸色很放松,很幸福。我们到爱达荷州的某个地方时,已经击掌大约十七次。我们周围的一切都是绿色的,像初春鲜嫩的地毯,刚刚从地里冒出来。

我把车停了下来,下车拍照。此时,母亲转向了我。

"我喜欢你这样。"她说。

"什么?"我问。

"轧过那些东西。"

她指的是路边的停车震动带。

"为什么?"我笑着问道。

她不好意思地冲我笑了笑。

"挠得我的屁股直痒痒。"她说着大声笑了起来。

那天,我们开了将近五百英里(约804千米),最后在天黑前到达爱达荷州的福尔斯市(Falls)。我没打算在这里寻找露营的地方,便在城里找了一个旅馆。在路上度过了许多夜晚之后,被人和混凝土包围的感觉很奇怪,几乎有些令我找不到方向,便把自己塞进了铺着干净的白色床单的床上。

第二天早晨醒来,我们沿着环抱着斯内克河(Snake River)的绿化带走了很长一段路。在回到我们出发的地方前,沿着城镇一遍一遍地走着。

有时,多次途径某个点,你很难知道是在绕圈,还是在向前走。有时很难知道你是在远离还是在走向一个叫作威斯德姆的地方。世界上没有一张地图可以告诉你答案。

虽然我的脚下是一条又宽又长的人行道,但我还是感到摇摇晃晃,跟社会脱节,我想回到泥土地上。在这之前我从没有意识到这次旅行如此令人安心,连续这么多天让我如此接地气。被这些森林、山脉和清澈的高山、湖泊包围时,我是多么踏实;被塞进一片广阔的黑暗中,一个摇篮中,一个重新创造自我的安全环境中,是多么沁人心脾。

石头的运动

> 整体性并不是通过摒弃一部分自我来实现的,而是通过整合相反的部分来实现的。
>
> ——卡尔·荣格

那天下午,我们开着车穿过爱达荷州与怀俄明州的分界线,然后翻过蒂顿山口(Teton Pass)。我们乘船进入环绕着杰克逊镇的山谷,然后继续开着车,旁边这片辽阔的土地就是世界上最大的麋鹿保护区——加拿大国家麋鹿保护区(National Elk Refuge)。向北行驶约四十英里(约64千米)后,我们在杰克逊湖岸边露营区的售货亭前停了下来。此时,我已经觉得更加踏实了。

我们付了门票,问清露营地的位置和路线,买了几张地图后，便开车进了景区——这里是大蒂顿国家公园。

车一开进停车场，母亲就要去小便。

"正合适。"我说着拿起放在仪表板上的露营地地图。我们的露营地就在女厕所附近——厕所在我们后面，只隔着一个露营地。我下了车，走到我们营地的后边，从那里可以看到女厕的入口。

"您看到那儿了吗，妈妈？"我指着那座小型建筑问道。"那是洗手间，厕所在里面。"

"好的。"她平静地说，但并没有挪动脚步。

"您一个人去可以吗？"我补充说。

"你不用去吗？"她问。这是如果我和她一起去她会感觉更好的另一种说法。但我累了，天快黑了，我想去准备晚饭。

"我不去了，"我说，"我不想去。要做晚饭了。"

"哦。"她说。

"需要我陪您吗？"我问。

以母亲现在的病情，除了让她弄清楚一个带有特殊拉杆的马桶怎么冲或者出去之后怎么走回来之外，我什么都不担心，现在她还不会迷路。我要做的就是盯着大门，如果看到她有点晕头转向了便走过去。我们的距离只有几步之遥。

"我可以自己去，"她说，然后指了指洗手间，"就在那儿，对吧？"

"是的。就在那儿，"我确认道，"我就在这儿，我会一直盯着门。"

五分钟后，我看着母亲走出洗手间，开心不已。她四处张望，看到我在挥手，然后径直走过来帮忙。

不到六个月后，我要做的便是陪她一起过去，在洗手间外面等她了。一年后，我会在洗手间里，在水槽旁，确保她记得洗手。一年又几个月后，我会在隔间外面，回答着她的各种问题，并提醒她把卫生纸扔进马桶（而不是把用过的纸叠起来塞进口袋或钱包里）。很快，她就会完全忘记卫生纸，我会帮她擦手。之后我会拍着她的背，让她身体前倾，代她处理整个过程。这就是阿尔茨海默病的发展过程。并不是某个人从洗手间回来的路上突然又转身走了回去，忘记了姓名、地点和别人的长相。这是一个缓慢的过程，人的尊严逐渐流失的过程，最终将最脆弱和最私密的自我暴露在他人面前。

当我们吃完最后一口晚餐时，云层就积蓄起来了，天空中很快便乌云滚滚。

"我们把帐篷搭起来吧，"我对母亲说，"要下雨了。"

"帐篷？"她问，"什么帐篷？我们要睡在这里吗？"

母亲不知道的事情每天都在增加。我觉得她的脑子就像漫无目的地从这里游荡到那里。或许游荡的人是我，其实是我的思绪在漫无目的地从这里游荡到那里。

我们把帐篷搭得很快。或者更准确地说，我搭得很快，同时还得回答她的问题：我们在做什么，这个杆子是做什么用的，拉链拉到哪里等等，一遍又一遍……我们在做什么……

当将最后一根桩子敲入地面时，我感到几滴雨水打在我的脖子后面。

"好了，看起来不错！"我说着冲向车上。"快来，妈妈……开始下雨了。"

我们跳进车里，在那里待了几个小时避雨。我将一个头灯挂在母亲的无檐小便帽上，她开始给一幅曼陀罗涂颜色。我看了她一两分钟，觉得自己变得烦躁起来。

脑海里回想起姨妈的声音：她就是坐在那里画画，

涂色。一年到头，天天如此。

我感觉到某种东西、某种能量，慢慢爬上我的大腿，我感觉大腿变得空洞、冰冷，甚至有点麻木。这股能量进入我的腹部；腹部颤抖着，让我觉得不适。

我深吸一口气，伸手拿起手机，希望能分散些注意力。但手机没电了。

好吧，我心想，算了吧。

我把手机放在汽车的仪表盘上，双手放在腿上。然后便有些坐立不安。我双手交叉，然后将它们放到我的大腿根部，开始用手指轻轻敲打我的大腿。

啪嗒，啪嗒，啪嗒。

我看着雨点落在挡风玻璃上，我停下来，听了一会儿。

啪嗒，啪嗒，啪嗒。

我的双手在腿上摩擦，用力地向下压，然后大口地呼出一口气。此时，我听到雨下得更大了。雨滴落在挡风玻璃和车顶上，然后重重地撞击着我们周围的地面。这是天空在释放压力吧。有什么东西在里面积蓄起来了，是时候将它释放出来了。这是一个无声的过程，只需要使用一点能量和一点点声音。

我坐在那里，聆听着天空的教诲。我揉了揉腿，直到它们不再发麻，让不安在胃和胸膛里翻滚，我甩了甩双臂和双手，想要把愤怒和挫败感从指尖甩掉。我感到胸口和喉咙发热，深呼吸，一种声音也从体内传来——体内某种东西轰然坍塌。

母亲手拿着曼陀罗图案，抬起头来，眼中带着疑惑。我回头看着她，任由她的眼神从我身上闪过。她慢慢地点了一下头，然后又重新开始涂色。

那是什么？我想知道。那是赞同吗？她知道我在做什么吗？我自己都不知道。

我不禁笑了笑，此时，我感到体内的巨浪和外面的雨声都缓和了下来。倾盆大雨变成了细雨。我觉得松了口气，但很清醒，又有点激动。又过了片刻，大雨变成了毛毛细雨，我和母亲搬到了帐篷里。一走进帐篷，我就把睡衣递给母亲，并告诉她如何穿上，然后帮她把睡袋拉到肩膀上。

"这里真舒服。"她说着，很快就睡着了。虽然我们还有几个晚上才结束此次旅行，但我已经开始想念母亲每晚关于帐篷舒适度的碎碎念了。似乎没有什么比爬进松软的被褥更让她开心和放松的了。

我钻进睡袋，在打瞌睡时，听到雨水从防雨罩顶部滴落，然后渗入泥土中。

那天晚上，我第三次做起了关于熊的梦。

我梦见我和母亲坐在车里，就像几个小时前一样。只是这一次，我们看见的不是雨，而是两头熊。与之前的两次梦境相比，这次的没有那么可怕，也没有那么震撼。只是两头熊好奇地在汽车周围嗅来嗅去。它们抓起汽车前面的雨刮片，开始咀嚼上面的橡胶，然后走向车门上的密封条。我和母亲都睁大眼睛，盯着它们。我有一种发动汽车赶紧离去的冲动，但我知道这会伤害它们，所以我只是坐在那里，看着它们继续吃着密封条。

"它们饿了，"母亲在梦里说，"一定是刚从睡梦中醒来。"

我不经意地点点头表示同意。

三次，我在第二天早晨想，梦见了三次熊。

我不知道该如何解析这个梦，也不知道该如何解析之前的两个梦，但总体而言，我知道这三个荣格式的故事肯定具有一定的意义。即便我并不确定这有什么意义，但我觉得我应该做点儿什么，所以，我做了每个人都会做的事情——用橡皮筋把这三个梦都绑了起来，然后把它们放在了大脑的"垃圾抽屉"里,随即开始准备早餐,煮了一大杯咖啡。

"我们去湖边吃饭吧。"我对母亲说,将脑海中的抽屉牢牢地关上。

"什么湖?"她一边环顾四周一边问道,"这里没有湖。"

"跟我来。"我一边说,一边递给她一大杯热气腾腾的燕麦片,朝对面的一个小径扬了扬头。

我们两个人沿着小路向湖边走去,转过拐角时,我听到母亲轻轻叹了口气。

这是她第一次看到大蒂顿河,"看到"这个词显然不太合适。并不是"看到"蒂顿河,而是走近它,注视着它,它把天上的云分成两半。你想象着巨型鳄鱼的下颚是如何从地平线升起并进入你的视线的,你充满了敬畏,紧接着,心中一个又一个的巨大的疑问接踵而至。

同时,当你看到那些山峰——大蒂顿山、欧文山(Mount Owen)、堤温诺特山(Teewinot)以及远处的群山就像一排排乌鸦在天空中翱翔——你会把问题都抛诸一旁。因为当你站在大蒂顿山面前时,你会觉得被一个更大的东西包围着。它是无可争辩的。俯仰之间,你就会看到你所知道的一切与你永远不会知道和你永远不必知道的一切之间的鸿沟。一下子，你就明白了上帝。当你与这样的山脉面对面时，其他一切似乎都不再重要。

母亲注视着群山，我注视着母亲，虽然我永远无法确定那一刻她在想什么，但我非常清楚自己所看到的和感受到的。一种顿悟的感觉涌上心头。我突然觉得自己又变成了一个孩子，钦佩地看着妈妈。看着她，我便知道事情该怎么做了。

如何系鞋带，如何使生日蛋糕上的糖霜像黄油一样光滑，如何让狗坐下来，或如何在他人心情不好时递上一杯姜汁汽水，如何折叠床套，如何与山脉进行无言的对话。那种奇妙的感觉，那种如痴如醉的遐想，那种确定有人比你更强大的感觉，都一一涌上心头，涌入我的骨骼和骨髓，涌入我最柔软的组织。

母亲在与那些山脉交谈，在交换信息。我不禁觉得母亲和那些山脉在谈论开路的问题，这是关于让某些东西从里到外塑造你的过程，也是关于死亡和重生的循环。他们看到了彼此。我清醒地认识到，抛开肉体，摒弃我们所谓的知识，忘记一切，才能记住曾经的一切。

有一种禅修，叫作"坐忘"，来源于道家传统，大致可以翻译为"静坐修养，进入物我两忘的境界"。主要观点是坐下来，放下自我、身份、知识和各种心理建构，人和世界合二为一。通过冥想，鼓励人们"忘却意识"，以感受世界，成为世界的一部分，这是唯一的真实，即所谓的"道"，它是一种潜在的能量流，是一种神秘的统一。

母亲便是在静坐，遗忘。母亲正在寻找启迪。她在实现自我的升华。她盯着的是静止的东西，但不知何故，她看到的景象似乎是运动的。我需要知道的一切尽在其中。

我的好友玛雅·道尔（Maia Toll）前段时间给我发了一封电子邮件。她在邮件中写道：

因此，我们认为，可以在沙漠中生存的植物（例如，一种在干旱的条件下学会保持水分的植物）本身就拥有水做的良药。这就是它给我们的馈赠。

一读到邮件，我就明白了她的意思。

我心想：因此，一个可以在岩石和隐秘的坚硬之地生存的女人也拥有山脉给予的良药，包括山的移动方式。一个能够在寂静的世界中幸存下来的孩子也拥有文字的良药，那便是我们的故事。

母亲给了我很多东西。我曾一直不明白为什么我们对此绝口不谈。直到在大蒂顿山的那一刻，我才看到母亲看见岩石时一闪而过的眼神。我们之间的谈话一直在进行，只是我听不见或听不懂。那是一种沉默的语言，我无法理解。

每次母亲选择沉默，在我身边不再絮絮叨叨时，她给我的都是一份礼物——广阔空间，一片耀眼的广阔空间，我可以用我的故事来填充。

每次母亲选择不解释或不告诉我她所有的真相时，她其实一直在给予——那是一片空地，等待我去探索跟自己有关的真相，而不是单纯给予我属于她的真相。

每次她缄默不语，都是在为我做出某种牺牲。在她的寥寥数语中，我不得不自己去感受；我需要自己去观察，感知周围的整个世界。

当母亲同时朝两个不同的方向撕扯时，她给我的便是一份馈赠——无论围绕在我周围的外部世界是什么样子，我的内心世界都有一份鲜有人了解的静谧。

当然，母亲事先就知道这一切。因为母亲比我强大。她是我的引路人。

那天下午晚些时候，我和母亲跟随导游徒步旅行。护林员向我们提供了丰富的信息，包括很多地质知识，塑造出这些悬崖和峡谷的事件，以及形成高耸于我们上方的山脉的地壳运动。我们了解了各种类型的干草和灌木名称，以及木材，还有洛奇波尔松和白皮松之间的区别。我们不时停下脚步，看着她指着刚刚盛开的印第安火焰草、夹竹桃和金蜡梅。

我知道母亲根本记不住多少信息。她的大脑与我们周围的土壤极为相似，就像护林员所说，像带着很多小孔的岩石。但不管怎样，她似乎在试图记住些什么。她指指这里，指指那里，掌心张开，迎着飘过的暖风。她扬起脸，微风拂过，仿佛花粉在她的脸颊上涂上了淡黄色的腮红。听到附近的白鹈鹕发出"咕咕"声时，她会踮起脚尖，四下张望。她还会用手指轻抚我们在树上看到的标记。

"可能是冬天遗留下来的，"护林员说，"一只公鹿从鹿角上擦下了一些绒毛。"

我有时想知道科学的限制是什么。我担心我们将科学视为认识周围世界的唯一方式，我们用信息将自己包围起来，它就像一条毯子，当世界分崩离析时温暖我们。

我一直认为科学是通往自然问题的大门，是了解大自然众多奥秘的入口。但我不禁感到，在我们那天得知的事实和数据之下，还有另外一个故事。好像有什么东西被埋在了某处的沉积物中，而我们的拉丁术语不足以解释这一切。就像我们说不尽大自然母亲的语言，无法理解地球要说的话，我们需要进一步开拓自我，而不是仅仅依靠大脑，或仅仅依靠统计数据和死记硬背的属名。科学这门语言还很新，无法涵盖大自然的深度，无法跨越这里的广度。它可能是了解大自然的门户，但只能管中窥豹而已。

我看着母亲站在那里，脚下是十亿年的冰川。她身体的每一个细微动作都告诉我，她知道一种古老的语言，或者至少她了解一些原始的词汇。她放空了大脑，沉浸在体内的智慧中。

远足结束，护林员便回去了。其他徒步旅行者散去，就像匆匆而过的蚂蚁。而我和母亲在那儿多站了一会儿，肩并肩站在碎石路上。我握着她的手，此时是我的脉搏在她的手掌上轻轻跳动，还是她的脉搏在我的手掌上跳动呢？我垂下肩膀，放松身体，试图感受我们的心跳。

我曾经听过一个关于狼的故事，关于如何选出领头狼以及狼群如何选择跟随哪匹狼的故事。我曾经认为，那取决于哪匹狼更为凶猛，哪匹狼追踪和猎杀猎物的能力更强，但我错了。那是一个关于心率的故事。我不知道是真是假，但显然领头狼的心率总是最稳。那是一种低吟——几乎是无声的，几乎无法察觉，但可以吸引其他的狼，让它们安静下来。

母亲就是那匹最冷静的狼。她的爱是一种不急不慢的心跳。长大后，每当她的手掌抚摸着我的脸颊，抚摸着我的背，抚摸着我的头时，我就可以感觉到它——那是一种驱使我稳步向前的律动。母爱像是一种源自大动脉的律动；它无须发出任何声音，便可以不止一次地告诉我她爱我。

我的聪慧之处在于我知道，而且我一直都知道，不止一次，即便她什么都没说，我也明白她在说什么。

我也会这么说，大家都是如此。它存在于我们内心的某个地方。我们所要做的就是学会将它挖掘出来——相信有一种无声的、无形的能量,其中充满了真理,是我们所有人的依靠。我们首先要做的是不要忘记它。

星辰

> 对于古人来说，熊象征着复活……这是一个关于生活的深刻隐喻，因为回归和强大来源于看似死气沉沉的事物。
>
> —— 克拉丽莎·品卡罗·埃斯特斯（Clarissa Pinkola Estes）

第二天下午，我们在马背上度过，然后返回湖边。我看着书，母亲涂着颜色，直到暮色降临 —— 天色变得温柔，当太阳下山，所有人都回家之际，忍不住驻足。光线逐渐变化，逐渐消失在山后。然后，终于"嗖"的一下，如同一支蜡烛被吹灭 —— 黄昏来临，一切归于沉寂。

看着光线变化是一件多么美好的事情。早晨的那一缕阳光洒落时,浑然不觉间就已经急切地照亮了白昼。沉浸在如同青春期的晕眩中,似乎并不担心时间如何或何时回归本源,甚至可能意识不到它终会回归本源。正午的阳光热情而大胆。多么令人惊叹。多么有趣,似乎可以天真地相信这个高度肯定不会存在阴影。而后,光线骤然减弱。我们发现世界上除了光之外,还有很多其他事物。最后,光线开始消退。这种变化包括周围的一切开始褪色,只剩下一个个赶着回家的剪影。

我以为我知道我们的相处模式——母亲和我的舞蹈。但在我们生命的时间轴上,直到中午我才看到这段关系,或者可能是在黄金下午之后的一个小时左右。沐浴着阳光,一起走向黄昏,是一件多么绚丽而愉快的事情。哪怕之后在黑暗中,我们牵着彼此,逐渐远离这个世界,即使我们还看不到新的一天,即使我们能感觉到的只是寒冷,但我们很清楚新的一天终会到来。

"来吧,妈妈,"我说,周围的光线越来越暗,"我们去生火吧。"

我们拿起椅子,沿着小路回到营地,开始生火。这是我们在蒂顿的最后一晚。

我没有太多砍柴或生火的经验,但跟母亲一起的整个旅程中以及在那以后，我每次生火时，都有一种仪式感。在昏暗的灯光下，可以看到身体的轮廓，最后变成长长的黑色阴影。周围皆是火的声音，新鲜桦木的气味，或者雪松、白蜡木的气味。早上醒来时，头发上还残留着烟火的气息。

那天晚上我划亮火柴时，仿佛感觉到一种召唤。所有的魔法元素都在那里。火柴盒侧面的红色条纹是由一种矿物质制成的，与我们牙齿和骨骼中的矿物质相同。火柴燃烧时发出"噼啪"的声音，散发出金属和硫黄的气味。柴火"噼啪"作响，化作火焰。我敢肯定，这是一种咒语，但是对谁或是为了什么，我并不知道。

"好暖和。"母亲向火堆靠了靠，说道。

我们大半夜都安静地坐着，沉醉在跳动的火焰中。

不知过了多久，不知何时，我听到了母亲的声音。

"你累了吗？"她问道。

我知道这是她说她想睡觉的方式，所以我躲进帐篷，拿出了她的睡衣。

"在火边换上睡衣吧，"我说，"这里暖和。"

母亲在一旁换衣服，我在一旁帮她准备洗漱用具。

"给，"我说着把牙刷递给了她，"刷完牙就上床吧。"

"床呢?"她问。

"在帐篷里。就在这里。"我补充道。

"这里?"她指着帐篷问道,"这里面吗?"

我走过去,拉开门帘的拉链和帐篷门。

"对,就在这里。"

"哦,好的,"她边说边爬进去,"我也是这么想的。"

她回头看了看我。

"你也来吗?"她一边问,一边缩进睡袋里。

"马上来,"我说道,"我要把火熄灭。"

我重新拉上帐篷门的拉链,然后停下来看着她。她回头看了看我。

"谢谢你,"她睡眼惺忪地说,"这太好了。"

"不客气,妈妈。"我说着,凝视着她,直到她闭上眼睛。

把她安顿好后,我走到营地边的野餐桌旁,拿起锅,倒了一些水。我回到逐渐熄灭的火堆旁,用一根棍子把剩下的柴火扒开,然后慢慢地把水浇在上面。柴火发出"嘶嘶"声。火苗扑灭时,烟雾腾空而起。光线暗了下来，我一边搅拌着灰烬，一边确定所有余烬都已经被扑灭。

我手里拿着锅，深吸一口气，抬头仰望夜空。我们已经不在蒙大拿州了，但怀俄明州似乎也是晴空万里，星光熠熠。宇宙的故事在闪烁的星光中铺陈开来，是万物的永恒背景。

我首先看到了北斗七星——三颗星构成了手柄，四颗星构成了勺子。视线从那里开始转移，落在小熊星座上，北极星、北斗星和其他六颗闪烁的星星也构成了一把勺子的形状。

"大熊星座，"我对着烟雾和天空低声说，"大熊星座和小熊星座。"

当我第一次接触这些词时，我并不知道这些拉丁文词汇是什么意思，也不知道相关的希腊神话。几年后，我才开始了解里面的知识。当我学会了这些知识，当我看到译本时，我倒吸一口气。

大熊星座和小熊星座——在5月和6月出现在北方天空中——也被称为大熊和小熊。

大熊和小熊，就像由无数星星组成的星系中来回摇摆的两个女人。

我点开了几个链接，找到了关于熊的神话。据说，奥林匹斯山的天神和雷神宙斯爱上了一位名叫卡利斯托的女神。有一天，他们俩在森林里幽会时，被宙斯的妻子发现。宙斯惊慌失措，不想被抓个现行，于是把卡利斯托变成了一头熊。

"别担心，"他说，"她一走，我就把你变回去。"

但宙斯的妻子并没有离开。她告诉宙斯，奥林匹斯山需要他。他别无选择。离开之前，宙斯让卡利斯托在森林里等他。他承诺会在第二天早晨回来解开咒语。

宙斯和他的妻子匆匆离开了。那头熊……独自站在旷野中。

不久之后，一个猎人走了过来，发现了这头熊，立即拿出了箭。猎人一箭射死了这头熊，但它在垂死之际变成了卡利斯托。猎人惊恐地尖叫了两声。首先，因为他眼睁睁地看着一头熊变成了一个女人，其次，猎人发现他亲手射杀的是自己的亲生母亲。

意识到发生了什么后，两人开始号啕大哭。他们的号叫声很大，传到了奥林匹斯山。宙斯听到了悲痛的声音，跑回森林，看到眼前的悲剧，跪倒在地。这位天神兼雷神只能做一件事情——他把卡利斯托和猎人都变成了星星，让他们变成了天空中最大的两个星座。大熊和小熊，孩子射杀了自己的母亲。

我的大脑中有什么东西在来回闪烁——一条神经"噼啪"作响，几乎要爆裂。我想到了母亲的雀斑，我曾在她的胳膊和腿上画画。我猛地拉开大脑里的"垃圾抽屉"，疯狂地寻找那三个梦境，一个又一个地翻看——母亲和我都变成了熊，她对我尖叫，我正要扑上去，然后我们两个静静地看着身旁那对饥饿的熊。我的思绪像陀螺一样，又转回到我站在帐篷旁边的场景——我伸出手臂，在黑夜中描绘着天上的星星。

我想起了所有我轻视母亲的瞬间。社会、我周围的世界、天神和雷神都鼓励我这样做。每一次，我都瞄准了她，击中了她。每次，我都会翻着白眼，跟我的朋友讽刺地说："不要让我变成母亲的样子。"

"讽刺"这个词的拉丁词根意为"将肉撕开"。

我现在清楚地知道，自己一直追逐的东西是错的，我一直追捧阳刚之气，在变成那样时又疯狂地向后退缩，却又试图抓住这种阳刚之气。我竟然接受了这样一个谎言，即漫漫人生路上，女性和母亲的角色并不重要。周围的一切竟然鼓励我将矛头对准身边的女性。我似乎可以看到那些女人脸朝下倒在地上。我似乎可以感觉到弓还在我的手臂中颤抖。

我对周围的世界感到愤怒，对自我价值感到困惑，对自己身为一个女人，而生活在崇尚阳刚之气的社会中，而感到失落，因为这一切，我开始抨击自己的母亲。但我不知道的是，我的一部分自我也会跟她一起跌倒在地。

我一直将自己的怒火撒在母亲身上，但真正令我生气的从来不是她。我的愤怒一直源自我出生时的期望，假设我生活在一个积极否认和贬低自我存在的社会中，我会过得多么幸福。我从来没有质疑过谁把弓箭放在了我的手中。

那一刻，母亲的声音在我耳边回响：我从来没有想过。她是这么说的吗？

我不知道我和母亲的旅行会得出这样的结论。如果您问我，我会说我们这次旅行是我接受失去她的过程。一路走来，漫长而痛苦，目的地是墓地。但这也是一种复活。所有的碎片，遗失的碎片，我们最初的属于自我的语言，都回到了我们身边。我和母亲重新拾起了记忆。正如诺尔·霍尔（Nor Hall）曾经写道，这是"一种记忆……将母女合二为一的过程"。

我们将在我们内心默默发怒的熊放回野外，让我们原始的天性回归，回到它所属的地方。

我从两个重要的女人——我的母亲和大自然母亲——和阿尔茨海默病中学到了很多。这是一次关于妥协的学习——妥协于放下明媚少女一面的自我，领悟母亲内在的浩瀚无垠。这是一种彻底的妥协，看看我是否可以一劳永逸地活下去，不是生活在现实的荒野中，而是生活在内心的荒野中。看看我是否能像这两个女人爱我一样爱自己——热烈、全心全意、自由地爱自己。

母亲为我取名为斯蒂芬妮，这是一个古希腊名字，意为"王冠"。母亲的名字源于爱尔兰——大致可以翻译为"天堂的"。我们两个人的名字合在一起便是"天上的王冠"。

我的母亲既是一个女人，也是天上的熊。她就是道家所说的"气"，是流动在北极星和北斗七星之间的磁力和生命力。她是耀眼的星光，她是漫天的珠宝，我会一直佩戴这些珠宝，直到我准备好成为她的样子。直到有一天，我也会熠熠发光。

看着天上的繁星，知道它们存在于你内心的某个地方，确定你最重要的事情就是变得越来越像它们，直到"噗"的一下，你成为它们中的一员，变成了家族星座中的一员，这是多么美妙的事情。

正如天文学家吉尔·塔特（Jill Tarter）所说，这是10亿年的星辰漫游。

那天晚上，当我溜进帐篷时，我感觉像吃了蜂蜜一样甜，一夜好眠。这是我们旅行中最后一晚露营，也可能是我们最后一次一起露营。我放下了。我所要做的就是躺在那里，睡在母亲身旁。

我的母语

把手伸进河里,就能感受将大地连接在一起的和弦。

——巴里·洛佩兹(Barry Lopez)

早晨5:45,手机上的闹钟响了。我睁开眼睛,拿起手机,关掉了闹钟。天色尚早,我一夜好眠。

"妈妈,"我轻声说,"该起床了。"

我不想打扰她,但我已经做好了一天的计划。

她嘟囔了几句,表示听到了。

我抓起放在帐篷顶部口袋里的头灯,打开,开始摸索着寻找我的运动胸罩、衣服和袜子。

"妈妈,"我再次低声说,"现在就得起床了。"

她眨了眨眼睛,分辨着她听到的是谁的声音,现在是在哪里。

"现在是早晨吗?"她问道。

"是的,"我平静地说,"天已经亮了,我们得起床了。"

她从睡袋里伸出胳膊,把左边的袖子挽了起来,低头看了看手表。

"我看不清楚,"她说,"现在几点了?"

"时间还早,"我说,"但我们今天要做一些有趣的事情,得起来了。"

我把睡袋往下推,脱下睡衣,穿好衣服。

然后,我伸手拿过母亲的衣服,前一天晚上我将它们放在了旁边。

"来,妈妈,"我轻声说道,"起来,起来,我们起来了。"

那时她已经开始从睡袋中出来。

"哦,真冷。"她说。

"快穿上这些,"我边说边把行李中最保暖的衣服递给她,"我去收拾一下。"

我戴上头灯,拉开帐篷的拉链,走到后备厢,拿出炉子,快速煮了一杯咖啡,然后用花生酱和果酱做了三明治。早餐就在路上将就一下了。

我看向帐篷,看到母亲慢慢爬了出来。

"您的鞋就在那儿。"我说着指了指刚刚放在门帘边的那双跑鞋。

"天还很黑,"她一边系鞋带一边说,"你确定现在已经是早晨了吗?"

"我确定,"我再三确认,"我们起得很早,因为我们今天要去漂流。小河之旅。"

"哦,"她说,"布赖恩来了吗?"

"没有,爸爸不在。就咱俩。"

"谁……"她停下来想了想,"谁照看孩子们?"

她眯了眯眼,环顾了一下营地,眼神中带着一丝患阿尔茨海默病后的困惑,她不知道自己在哪里,而且天还蒙蒙亮,她还有些迷糊。

我把三明治递给她。

"您可以拿着这些吗?"我问道,"我们在路上吃。"

"谁照看孩子们?"她又问了一遍,比刚才清醒了一点。

"爸爸,"我一边说,一边示意她上车。"爸爸和孩子们在一起。我们走吧。"

"我们把所有东西都留在这里吗?"

"是的。我们今天晚些时候会回来收拾所有东西。"

"但……"

"妈妈,我们会回来的,"我打断了她,"请系好安全带。"

我们离开了营地,向正南方向驶去。太阳虽然升起来了,但还没有完全从山头上露出。天色渐渐亮了起来,就像一块亚麻桌布在空中轻轻扬起,然后铺在桌子上。周围一片荒凉,也不见人影。

我们默默地吃着三明治,我抿了一口咖啡,幻想着杯子一空就能马上续满。很快,太阳露出来了,照亮了我们西边的石头。大约三十分钟后,我们把车停在了公园南入口附近的一个大型砾石停车场。

我们将在哥伦比亚河最大的支流——斯内克河上漂流。它发源于怀俄明州西部,呈"U"形流过爱达荷州南部平原。

我们在停车场等着其他人。所有人都很沉默,来回走动,努力让自己暖和一点儿。我低头看了看自己的脚,然后又看了看母亲的脚。奇怪的是,我们俩都稳稳地站在那里。

我们平静地站了多久？我心想。

不久之后，导游就来了。他向我们所有人打招呼，并详细说明了早晨的计划。我们要穿上救生衣，十人或十二人乘坐一只木筏，然后坐稳，放松，享受漂流的乐趣。

"我们会漂得比较轻缓。"他说道，然后继续向我们讲解将坐在哪里，他将如何划桨，以及结束时如何将我们送回出发的位置。

"依我说，此次旅行是你们的最佳选择，"导游说，"一天之中，黎明时分是河上野生动物最多的时候。"

两个小时的旅程从一个叫死神酒吧（Deadman's Bar）的地方开始。我们登上船便出发了，随着水流缓缓飘荡着。河流两侧有许多白杨和云杉，高地上到处都是山艾。我直接依偎在母亲身边，用胳膊搂住她的肩膀。

"这样暖和点儿吗？"我问道。

没有听到她的回答，我便抬头看了看她的眼睛。她已经将目光投向了水面，眼睛里充满了温和的泪水。

整个上午，小船都在有沙石和淤泥的水面上平稳地流动。四面八方都有许多水鸟——老鹰和大型猎鹰在我们头顶高处翱翔，巨大的蓝鹭和黑嘴白天鹅在水中游泳，更小的鸟类，例如燕子和河鸟，四处飞来飞去，从水面飞到河岸，然后降落在长长的湿地芦苇上。我们还发现了海狸的踪迹，但并没有看到它们。即便如此，看到了一些蹄类哺乳动物弥补了这一遗憾——我们瞥见麋鹿、鹿、叉角羚和驼鹿穿过河边的灌木丛。

导游向我们介绍了许多关于该地区的有趣事实和数据，就像大蒂顿的导游一样。但我并不是很感兴趣，因为我沉浸在回忆中，我知道一种走进母亲内心的语言，但已经忘记了怎么说。

我们周围都是那种语言的声音。这种声音散布在鸟儿的翅膀上，在风中，在河水中，在沙子上划出的弧线中，在那些穿过灌木丛的动物的心跳声中、早晨阳光下的松树气味中，似乎是一些窃窃私语。周围的寂静中充满了智慧。这些声音并非来自该地区的技术性描述或统计数据，而是来源于数据未曾描述的地方。它们飘荡在空气中。就像我的一生一样，智慧隐藏在未曾说出口的事物中。

我亲眼看着母亲用身体去体认和获得智慧。我也极力如此。各种故事和信息都散布在空气中、流淌在水中和地下盘根错节的根系中，而我们正在用身体解读它们。任由自然界的所有智慧袭上我们心头，任由它们与我们的人性融为一体。

"目的"约瑟夫·坎贝尔（Joseph Campbel）写道，"是让你的心跳与宇宙的节奏相合，让你的本性与自然相配。"

这是一种记忆方式，抛开认知，任由感官去感知。人要抛开理性的自我，才能更深入地了解我们究竟是谁，感知其中的深意。这也是一种将古代知识和智慧展现出来的做法。

这是母亲和我一直用的语言。它是我们最真实的归属，是我们饥饿时的第一声号叫，是骨子里发出的呐喊，在我们学会说话之前就已经存在。它讲述的是我们的渴求、悲伤和爱的痛苦。

我曾经听诗人玛丽莲·尼尔森（Marilyn Nelson）谈论故事的重要性。她说："如果将我们的故事抹去，我们就抹去了自己的存在。"

当我们沿着斯内克河向下漂流时，我想到了那无声的语言，那些用标记、符号和感觉讲述的无声话语。这些是关于屈服的语言，其中暗含关于信仰的无声词汇。

它是水的智慧。

女性是这种语言的守护者。抛开传统的学校、书籍和科学知识的学习，长期以来，我们不得不寻找其他的方式来了解我们周围的世界。我们用感官来捕捉信息，用身体来解读这些信息。因为各种宗教的内部场所都不允许我们这么做，我们培养了一种灵性，与自然深深地交织在一起。我们总结出一种来源于身体的语言，这与拉丁语功能基本一致。这种语言就是我们的母语。

在我母亲逐渐遗忘的过程中，她教会了我记住这门语言，让我用它来重新认识久违的自己。她教我不要再回到她的身边，而是要回到自己身边，这样才有机会成为我想成为的女人。

我看到了前面的路。我所要做的就是相信内心的某些东西，知道如何继续向前走。我必须相信，当我的思想运转正常时，我体内的某些东西拥有足够的智慧来指引我。我必须相信，这是我与生俱来的能力。

母亲留给我的并不是她的故事，而是感受故事的能力。这就是女性的认知能力。我的身体知道我并不需要再去学习什么，而是要记住一切。

我看向母亲，与她相视而笑。她什么也没说，我也没有。在这个场合，语言已经不足以表达我们的情绪，我们俩都已经心知肚明。所以，我们将自己交给了水，任由它将我们从一个地方带到另一个地方。我们相信它会一如既往，给我们以启迪。

我们之间的结已经解开，我和母亲一路顺流而下，再无牵绊。这是一种自渡，一种转变，一种升华。身后传来了导游的声音。他谈到了大蒂顿流域的生命周期，母亲和我都感觉到了体内的搏动。

水蒸发、凝结、落下、流失、渗入大地。

震惊、否认、愤怒、争执、孤独、接受。

生、死、生的轮回。

一滴又一滴的雨，慢慢汇聚成了海洋本身。

我现在明白为什么母亲喜欢看水了。这是蜕变的魅力，是女性的流动性，它虽无言，却有数千种表达方式，它流淌在我们的骨髓中，就像芦竹中流淌的音乐一样。看着几乎不存在的东西变成毫无争议、充满活力的东西，令人兴奋。我们看到水变成了创造力，仿佛一位伟大的母亲高高举起了镜子，映出了我们女性的样子。

漂流结束后，我和母亲回到了露营地。在那里，我们收拾好东西，向北行驶。在第二天早晨赶早班飞机离开博兹曼之前，我们还有一个下午和一个傍晚的时间。这是我们旅程的最后一站，是在回家之前要经历的最后一段路。

几乎一上公路，母亲就转身面向我，眼神中带着几分恐慌。

"现在几点了？"她问道，"我想……哦，天哪！我得回家陪孩子们！"

我告诉她爸爸在家带孩子。

"他？"她问，"孩子们都在吗？"

"有些在学校，"我撒了谎，"有些可能正在打盹。但爸爸和他们在一起。"

母亲叹了口气。

"哦，很好，"她说，"我一直在担心。"

母亲已经忘记了很多事情，其中之一便是她的孩子们都已经长大了。在她确诊后不久以及随后的几年里，她最常关心的就是孩子们。

"孩子们在哪里？"她会惊慌失措地问，"谁和孩子们在一起？"

"哦，我的天哪，"她一边说，一边瞥了一眼手表，

"我得回家陪孩子。"

这是母亲从未忘记的事情，直到今天也没有忘记。她的大脑还没有放弃这个事实。她可能不知道她是我的母亲，但毫无疑问，她知道自己是一位母亲。即便一直在遗忘，她身体里的某些部分却记住了这一点。也许这已经写在了她与上帝的契约中，在作古之前，上帝、她作为母亲的身份和她那小小的灵魂一直在讨价还价，迟迟不能达成一致。

母亲的爱是慷慨的，自始至终都是。她是母爱的化身。母性已经庄严地烙印在了她的灵魂上，因此，我想知道，烙在我的灵魂上的是什么。

回忆之路

意识的致命弱点是我们会忘记。我们会忘记自己的立场。我们会忘记与周围的人和谐相处。

——巴里·洛佩兹

前往博兹曼的最短路线会经过黄石国家公园。我很高兴,因为第一次经过黄石国家公园时,我们错过了不少景点,比如老忠实泉(Old Faithful Spring)和大棱镜泉(Grand Prismatic Spring)。

我计划开车穿过公园的西南段,参观这两个景点,然后离开公园,回到市里吃早饭。上午十点左右,我们到达了南入口,停车场里已经人满为患。我们转了好几圈,才在游客中心后面找到了一个停车位。然后,我们只是跟着人群走,挤在木栈道上。

虽然不是世界上最大的间歇泉[1]——它的喷水量并不是最大的，水柱并不是最高的，但老忠实泉水量稳定，因此得名。自1872年黄石成为国家级公园以来，老忠实泉已经喷发超过一百万次。近来，这个地下泉水每天沸腾喷发大约二十次。每年有近三百万人开车进入停车场，然后走到观景台上，观看老忠实泉将巨大的水流直接喷向空中。那天，我和母亲也在其中，那一瞬间，我们爱上了这火山一般的水柱，这陆上鲸鱼一般喷出的水柱。

"这里发生了什么事？"当我们走向人满为患的观景台时，她问道。

我可以看到间歇泉在后面冒着热气。

"看，妈妈，"我一边说，一边穿过人群指向我们面前的大土堆，"您看到蒸汽了吗？"

母亲点了点头。

"我觉得它要爆发了。"我说道。

母亲看了我一眼。

---

1 间歇泉指受火山运动影响，间隔一定时间喷发一次的温泉。——编者注

"我们要在这里观看吗?!"她问道。

我笑了笑。

"是的,"我说,"我们要看,在这里就可以。您能看到吗?"

她再次点了点头。

几秒钟后,老忠实泉喷发了,照相机发出"咔哒咔哒"的声音,数百人连连惊叹。

结束后,人群回到车上,开车离开了。

打卡完成。

我看着他们,像匆匆赶路的蚂蚁。要赶往什么地方呢?

我莫名地感到尴尬。这就是我们与自然互动的方式吗?我们只需要开车进入一个拥挤的停车场,穿过人行道,观看水柱喷出,大约两分钟,然后就驱车离开了吗?我们应该这样做吗?只需两分钟,被大自然最奇异的景象深深触动后便离开——观众们还有更重要的东西要看,有更多的景点需要"打卡",我们将更多的时间花在纪念品商店购买纪念T恤和冰箱贴。

这让我觉得我们在欺骗大自然,就像我们在欺骗自己一样。就像我们根本没有将美视为美,或将强大视为强大。我们对待她的方式与她对待我们的方式不同。

但我该跟谁说？我和母亲在做的难道不是同样的事情吗？我对大自然做的难道不是同样的事情吗？答案是肯定的。母亲右手拇指和食指上有一个凹痕，也就是她使用彩铅留下的压痕。我的右手中指和食指也有同样的压痕，像一把小小的弓一样凹了进去，证明我曾高频地使用我的箭袋。

人群散去后，我转向妈妈，告诉她我要上厕所。

"您要去吗？"我问道。

她不去。

周围人不多，也没有可以闲逛的地方，所以我让她等我一下。我让她坐在观景区的一张长椅上，自己冲进了厕所。

几分钟后，我返回时，她就坐在那里，坐在那张长椅上。我远远地看了她一会儿。她穿着红色带拉链的毛衣，黑色的钱包紧紧合拢，放在旁边。她的背挺得很直，但很放松，双脚平放在地上。她只是坐在那里，面对着老忠实泉。此时，周围已经没有其他人了。只有母亲，还有世界上最稳定的间歇泉。

再一次，我仿佛能听到老忠实泉在跟母亲说话，在风中耳语一般。我一动不动地站着,觉得整个世界都被轻轻地打开了。我感觉自己好像看到了蒸汽中漂浮着的文字——一种关于休眠和喷发的呼唤和回应,关于我们需要记住和携带什么,以及我们需要将什么抛到空中,我们内心的水柱也属于天空。我看着母亲沉浸其中,古老的智慧从石头中喷薄而出。

那天,我拍了很多照片,但其中很多是母亲和老忠实泉的合影。在数百甚至数千人中,她是唯一一个逗留时间更长的人,那些人想看的无非是一场表演。母亲坐在长椅上,如同坐在祭坛前,周边是万物,也是虚无。

最后,我在她旁边坐下。

"漂亮吗?"我挽起她的胳膊问道。

她没有看我,也没有回答。

"我们可以在这里吃午饭吗?"她终于问道。

"当然可以,"我说,"我们去车上拿点儿东西,就在这里野餐。"

母亲点了点头,依旧盯着老忠实泉。

午餐后,我们回到车里,前往黄石国家公园的另一处仙境——大棱镜泉。

我们进入另一个人满为患的停车场,开始随着人群移动。我牵着母亲的手,带她走到一条长长的环形木栈道前面。刚开始没什么可看的,突然,我们被一股蒸汽吸引住了。

"拿着,"我一边对母亲说,一边伸手去拿她的墨镜。"把墨镜放在钱包里。"

她的眼镜几乎完全蒙上了一层雾,是周围的蒸汽凝结成的雾气。

"最好如此!"我把眼镜塞进她钱包的一个盒子里时,她说道,"我什么都看不见。"

"嘿,妈妈,"我补充道,"把钱包挂在脖子上吧。我可不希望有什么东西掉进水里。"

"什么水?"我帮她把带子挂在脖子上时,她说道。

我牵起她的手,带她沿着木栈道往前走。走了几步后,我们看到右边有两个小水池。我们避让着行人,走到水池边。每个水池的边缘都生了锈,第一个水池里的水十分清澈,呈淡淡的蓝色,第二个水池的水很浑浊,呈绿色。旁边的标牌写着,它们分别是绿松石池和猫眼石池。

母亲转向我,做了个鬼脸。

"它们的名字看起来像眼睛一样,"她一边说,一边把头偏向一边，微微眨了几下眼睛，十分滑稽。

我笑了笑。

"其中一个水池的颜色像您的眼睛，另一个的像外婆的眼睛。"我说。

她把头转向另一边，又眨了眨眼。

"你说得对!"她大言不惭地补充道。

我搂住她的肩膀，抱了抱她。

"让我们看看另一个长什么样。"说着我慢慢回到了人群中。

走了几分钟后，我们看到了它。这是我见过的最为壮观的水池。水中散发出各种颜色，令人着迷。就像荷鲁斯之眼[1]，沸腾着，在大地上闪烁着光芒。

母亲倒吸了一口气。眼前的景象有些不可思议。一切高度饱和浓缩，一眼望去，似乎看尽天下万物。感觉我们就像站在生锈的圣杯的尖端，好像我们有机会低头凝视它，并偷看什么一眼，也许偷看的是这一切的答案。

---

1 荷鲁斯（Horus），是古埃及神话中法老的守护神，王权的象征，同时也是鹰头神、复仇之神。荷鲁斯之眼，代表神明的庇佑与至高无上的君权，具有神圣意味。——编者注

我的一个朋友最近从欧洲旅行回来。她参观了旧遗址，了解了所有类型的建筑——哥特式、文艺复兴风格、巴洛克式等等。她用敬畏的语气描述着这些建筑物，然后总结道："这真是太奇怪了，我们这里没有。"

"你的意思是？"我问道。

"为什么当地人不建造那样的建筑呢？"她补充道。

我们又谈到神性的概念——永恒或无常是否可以或多或少地赋予某些东西神性？相对于互惠和自留、所有权与亲属关系，财富与积累之间有什么本质上的差异？

我们没有达成什么特别的想法，但我们都认为，如果你的圣地是黄石、约塞米蒂（Yosemite）和红杉公园（Sequoia）等地，你可能不需要为自己专门建造一座修道院。

想象一下，你偶然发现了一个类似大棱镜泉的地方。想象一下，在几百年前你在野外散步，比如穿越平原，比如在地平线的某个地方看到了蒸汽。想象一下，你走近它，感受着它的热度，你是第一次看到它，没有任何木栈道或标志可以准确地告诉你它是什么以及它是如何形成的。

我猜测你会站在那里，试图接受这种不可思议的景观——眼前这片神奇的"彩虹"。你不仅需要努力让大脑沉浸其中，还需要让自己整个都沉浸在它原始而耀眼的美丽中。你会目瞪口呆，喃喃地说："我们的大自然母亲啊，您的名字是神圣的。"你会恍惚地走回家，思索着如何让家人相信你刚刚看到了上帝存在的证据，她就出现在那片陆地上；思索着你会如何告诉他们，就在那里，有什么东西烙印在了你的身上，在你的灵魂里留下了无言的印记。

黄石的大部分地区，包括大棱镜泉，过去是而且现在仍然是美洲原住民的神圣聚会场所。我们忘记了这一点。我们将他们的圆顶教堂（Dome of the Rock）、圣殿西墙（Western Wall）、圣墓（Sepulchre）、圣彼得大教堂都据为己有。我们忘记了自己行走在圣地上，脚踩在一道狭窄的门前，那道色彩斑斓的鸿沟标志着天地之间的距离。

怎么称呼像大棱镜泉这样的地方？我们明明知道它一直属于它自己，但仍要将它据为己有吗？

此时，我们在黑足人领地上产生过的想法再次涌上心头：

我们生活在这片土地上，我们是这里土生土长的人。

我们怎么会认为，母亲的整个自我都应该属于我们？我们怎能如此肯定，这一切都是我们的？

我们认为自己比她强大。但她早于我们来到这个世界上。而她想要的只是人们珍视她，记住她。

互联网上曾有一个延时视频，带观众了解美国印第安土地割让的历史。时间跨度从1784年一直到今天。讲述的是一种衰退，一切都在消失。它讲述的故事类似于退潮，潮水拂过岸边，又朝着一个单一的方向退去。

美国的森林砍伐方面，也可以制作一个类似的视频。还可以做一个视频展示鸟类的栖息地和鸟类是如何在相似的时间跨度内以相似的方式消失的。

当我和母亲站在那些泉水前，闻着空气中飘荡着的硫黄气息时，我意识到我还可以制作另一个视频。我可以通过扫描母亲的大脑，扫描我们返回温哥华期间确诊阿尔茨海默病的1300人的大脑，来制作一段非常相似的视频。

最后一个视频可以称为遗忘视频。

当我们站在一起时，我又听到了那个声音。声音并不是很清楚，但因为我静静地站在那里，任由泉水的蒸汽袭上我的脸颊，任由雾气落在我的手上，沾染在我手臂的毛孔上，我发誓我能听到那个声音。

"你正在忘记的是你的本质，"它像白杨，像蛇，像黑嘴蜂鸟的翅膀一样低语。"你正在忘记的是自己和我。"

我牵起母亲的手。

这就是我们所做的吗？我心想，就是这样吗？

我环顾四周的人群，看着他们一边低头看着手机一边慢慢前行。我看到其他人聚在一起拍照，整理头发。我听到照相机发出"咔哒咔哒"的声音。垃圾桶里塞满了泡沫箱和塑料瓶。我看到一个孩子将玩具扔到了木栈道边上。他的父母并没有注意到。他的父母在哪里？

"我可以回车上吗？"一个少年气急败坏地问道，"我想看电影。"

很多人说，我们语言的复杂性与我们独特的沟通能力使人类成为人类。我也认为，我们在这方面有着非凡的能力，但我们在其他方面的能力更卓越——我认为人类拥有卓越的遗忘能力。由于我们人类在心智方面有不可否认的优势，因而我们的健忘更让我感到震惊。大自然不会如此。它别无选择，只能记住——去认识，去存在，去表达完整的自己。

使人类与众不同的是，我们可以不再是从前的自己。我们可以抛开自己的本质。我们可以忘记自己。如果我们愿意，我们可以永远远离自己。

是的，我们已经迷失了自己，我们认为自己比大自然强大。是的，我们正在忘记我们是谁，我们是什么。

一想到这个，想到不仅仅是我和我母亲如此，我们所有人都如此，我的内心就震撼不已。我们可能在参与这历史上最大规模的遗忘，记忆库全部被清空，我们的本质被挖空，以至于它可能会毁掉我们所有人，不仅仅是那些患有阿尔茨海默病的人，不仅仅是他们的家人。

长期以来，我们太过于依赖大脑。而现在，在所有的重压下，它们已经几近崩溃。它们已经再也无法履行我们要求它们做出的承诺——让世界变得确定、安全，更了解这个世界。

我想知道，回归自我，我们要付出些什么？两手湿漉漉地，指尖带着弹出来的水滴，就这样冲回岸边吗？

我想知道，我们是否还可以再次让自己变得完整——我们找回的是否不再是我们的人格或坚定的个性，而只是血缘关系和联系，或是我们的人性。

我捏了捏母亲的手，看着外面的泉水。

"地面似乎裂开了，"她说，"我想知道是否有人会来把它缝合起来。"

"也许您可以，"我说，"您以前一直在缝衣服。"

"是吗？"她一边问，一边似乎在大脑中寻找针线的证据，寻找缝纫机微弱的"嗡嗡"声，"我不记得了。"

"书房的窗帘就是您做的，"我提醒道，"您还给我们做了很多衣服，尤其是克里斯蒂娜和查理小的时候的衣服。"

她停了下来。什么东西正在浮出水面。有些东西被唤起了。

"还有万圣节服装，"她补充道。

"是的，"我确认道，"万圣节服装。就像红绿灯一样。我们四个人都穿着红绿灯的衣服。"

我不确定我们需要多长时间才能将目光从我们认为属于自己的事物、人和地方上，转移到周围的广阔美景中。似乎在那里有一个极其宁静的地方在等着我们，那里充斥着脆弱，只有在完全彻底地暴露了我们到底是谁之后，我们内心才会安顿下来。我们似乎属于那里。那里有我们最深的回忆。

也许我的朋友玛雅看待问题的方式是正确的。也许在遗忘时代幸存下来的孩子会拥有记忆的良药。

"我希望如此，"我听到一个声音拂过我的肌肤。

这标志着我开始理解一些我永远不会理解的东西。它是通往女性的大门——一个信仰的洞穴，一个充满着求知欲和好奇心的地方，一个母亲和女儿生活的地方。

这就是我回到母亲身边的方式——回到我内心的千里荒野，站在它的"门槛"上，我拒绝被驯服。

以大地为证

我们的航班定于第二天一早起飞,所以我希望早点吃晚餐、收拾行李、睡觉。我看了看汽车仪表盘上的时钟。下午刚过四点,我们离博兹曼市中心只有几分钟的路程,时间把控得刚刚好,可以早点儿吃晚餐。

我们都点了沙拉,分量很大 —— 每一份看起来都足够一个四口之家分享。我一直吃到撑 —— 大约吃了半份沙拉,然后看着母亲将她盘子里的食物都吃完了。

"您饿了!"看着她用叉子把碗刮干净,我说道。

她看着我笑了笑,把叉子放回桌子上。

"肚子里的馋虫饿了。"她说。

我付了钱,回到车里,打算开始实施早睡计划。此时,刚过五点。

"接下来去哪里?"母亲问道。

"去酒店，"我说，"我们今晚住酒店，明天一早搭飞机回家。酒店就在机场附近。"

她系好安全带。

"回家？"她问，"旅行结束了吗？我们现在回家？"

"是的。我们明天回家。"

"哦，"她淡淡地说，"不再搭帐篷了吗？"

"不搭帐篷了。"我回答道。

接下来一路，我们都没有再交谈。

到达酒店后，我们将所有装备和行李装上行李车，运到了房间。母亲将她的钱包放在咖啡桌上，帮忙卸行李车，然后看了一眼她的手表。

"六点钟，"她说，"我想是时候吃晚饭了。"

我开始大笑。一小时前吃的东西还没有消化。

"妈妈，"我说，"我们已经吃过晚饭了。"

"吃过了？"她问，"什么时候？现在才六点。"

我停顿片刻。

"妈妈？"我缓缓问道。

"嗯。"

"您饿了吗？要吃点晚餐吗？"

她也顿了顿。我能看出她在思考着什么，在试图理解什么，右侧嘴角微微上扬。

"好吧。我不确定，"她说，"我们上一次吃饭是什么时候？"

"那不重要，妈妈。我只是想知道您是否饿了。您觉得饿吗？"

她又打算去看表，我伸手握住她的手，看着她的眼睛。

"您饿了吗？"我坚定地问道。

"我不知道。我想是的。"她说。

我并不指望母亲还记得我们去过的餐厅，也不指望她能够回想起我们吃过的东西，或者她真的吃过东西。我已经习惯了——她失去了认知记忆，并不记得当天发生的事情。但这件事发生又进入一个新阶段了，说明她失去了感觉，失去了贯穿体内的线索。

事情就是这样的吗？我心想，病情进展就是如此吗？

事情就是这样。母亲的大脑会继续丢失一些东西——像一个永不停歇的筛子一样，一直在努力将她自己过滤掉。而且，现在，她的身体也已经开始参与其中。在接下来的几年里,她的大脑和身体会一起过滤,不断筛选,我刚刚学会的了解她的方法也会一点一点地流失。

我坐在酒店房间的床沿上号啕大哭。我觉得我刚刚看到阿尔茨海默病将一块粗棉布盖在了母亲的心脏上,慢慢压紧,让那个筛子一直过滤,直到她身上的一切都消失了,除了皮肤。

"你怎么哭了?"她问道。

"因为我爱您,妈妈,"我说,"我哭是因为我爱您。"

"好吧,这可不是一件值得哭的事情。"她说着,声音中充满了困惑。

我破涕为笑。

"哦,"她边说边取笑我,"我的小宝贝哭是因为她爱我。"

这是此次旅行中她第一次称我为宝贝 —— 她认识我,并称我为她的女儿、她最小的孩子、她的宝贝。

在她的笑声中,我哭得更厉害了。她走过去,试探性地在我身边坐下,一只手放在我的膝盖上。

"不要难过。"她试图看着我的眼睛。

我抬起头，看到她一脸担忧——眼睛甜美而忧伤，眉头微微皱起，嘴里像哼着什么。

这是我记忆中最后一次感受到母亲的爱，最后一次看到她关爱我时脸上掠过的表情：她的爱总是与忧虑交织在一起。我记得，有那么一瞬间，我在想以后谁会替她爱我，谁会填补她的空白，谁会为我忧虑，看着我走完人生路。

答案就在我的回答中。

"没关系，妈妈。"我告诉她。"难过也没关系，难过也没关系。"我轻声重复，不确定是在告诉她还是在提醒自己。

我会接替她，我会爱我自己。我会看着自己走完漫漫人生路。

这种感觉似乎很真实，又好像缺少了什么。

母亲轻轻地点点头，然后低头看了看手表。

"哦，"她说，"刚过六点。我们晚饭吃什么？"

我深吸了一口气，解释说我们已经吃过了，然后问她是否想帮我收拾行李。接下来的一个小时，我们整理了行李，扔掉了飞机上无法携带的东西。八点，我们便整理好了行李，拉上行李拉链，上床睡觉了。

母亲很快便进入了梦乡，但我却睡不着。我盯着天花板看了一个小时左右，希望这是我们帐篷的网布和尼龙防雨帘，希望酒店空调的呼呼声是白杨树叶在微风中沙沙作响。我还没准备好离开荒野，包括现实中的荒野和内心的荒野，我站在荒野之巅，才刚瞥见了其中一角。

母亲就生活在那片荒野中，在我的一生中，她一直像一只知更鸟一样窃窃私语，呼唤我走向她。

我很害怕那片荒野，既害怕去那里，又害怕一个人待在那里。这就是我竖起一堵心墙并且让自己忙碌起来的原因，这就是我任由周围的世界和内心充满刺耳噪声的原因，这就是我迫切地想让母亲多说几句的原因——这样我就不会在这个令人震惊的蛮荒之地，以及在清醒的生活中感到如此孤独了。

我并不是唯一害怕这里的人。我想大多数人都害怕在荒野中醒来，我们可能会在小径上遇到一些号叫的野兽，一想到这些，我们的脊背就会不寒而栗。但我们都错了，最可怕的其实是沉默，是漫无边际的未知，是我们可能在阴影中发现一些完全陌生的东西。因为只有在那种静谧中，我们才能看清真相，才能发现我们才是小径上号叫的野兽,而大自然只是一面镜子,映出了我们内心深处默默哀号的一切。

那天晚上,当我躺在那里时,荒野似乎没那么可怕了。我非常想回去。我觉得我才刚刚开始看到那里有什么,更不用说了解和理解它了。我意识到母亲已经为我认识那片地方做好了准备,她给了我在其中成长所需的一切,让我明白周围天鹅绒般的阴影只是一种反射。而我所要做的就是闭上眼睛,摸索出自己的路。我所要做的就是在黑暗中认出自己。

第二天早晨,我们在博兹曼搭上了直飞温哥华的早班飞机。前几个小时,母亲喝了一杯蔓越莓汁,便开始涂色,而我坐在她旁边看书。

中途,她转身看着我。

"嗨。"她高兴地说。

"嗨。"我回了一句。

"你是个好妈妈。"她补充道。

我盯着她,不知道这是怎么回事。

"你把我照顾得很好,"她说,"你现在是我的宝贝妈妈了。"

我不知道该说什么。我不想成为任何人的妈妈，更不想成为妈妈的妈妈。

我抓住她的手，轻轻捏了捏，笑了笑。当我看向她时，几年前的一段记忆逐渐浮现在我的脑海中——我和母亲、外婆一起坐在餐桌旁。

那是大约一年前的某个时候，在母亲和姨妈们将外婆送进养老院前。她已经逐渐失智，严重到购物、洗衣、写字和寄送生日贺卡等事情都需要帮助。母亲和姨妈们轮流去看望她，帮她处理各项杂事，而母亲准备去看她的那一天，我碰巧在城里。那天母亲需要填写支票。这个过程缓慢而乏味，母亲焦躁不安，明显开始沮丧。

外婆多次询问支票是写给谁的。母亲一遍又一遍地重复着这些信息。外婆注意力会分散，所以她会一遍遍地问。我记得我看到母亲强忍着冲动才没有把支票簿从她母亲手里夺过来，自己填写那些该死的东西。

其间，外婆转向我——她的绿眼睛像玉一样柔软。

"她把我照顾得很好。"她说着转向母亲。

"是你在照顾我，对吧？"她问道。

母亲的肩膀放松下来。她不想做她妈妈的妈妈。她深深地吸了口气。

"是的，妈妈，"母亲说，"我会好好照顾你的。"

她们互相微笑。我看到外婆的手放在她的右裤腿上，手指在衣料上画着小圆圈。

"现在，"外婆说，"这又是给谁的？"

当我在飞机上看着母亲时，我看了看她的另一只手，我没有握住的那只手。她将那只手放在小餐桌上，放在空姐给她的鸡尾酒餐巾上，手指也在餐巾纸上画着小圈。

我想知道。我们是否一直在绘制一份地图，这样才能回到彼此身边？才能回归自我？

地图上，没有开始，没有结束。每个人和每件事都包含其中。

"你就在这里，"地图上会这么写着，"在这一切的中心，在你自己的中心。"

父亲在机场的乘客接送区等我们。我们将行李装进后备厢，快速地拥抱和亲吻后便爬上了车。到家后，我们简单吃了一份午餐，便坐在了父母家客厅的沙色沙发上，午后的阳光透过窗户洒进来。

"所以……"父亲兴奋地说着，看了看我，又看了看母亲，"发生了什么有趣的事吗？"我看着母亲，她的脸上一片茫然。我看着好像问题向她袭来，与其说是这样，不如说她在想应该回答点儿什么。她扫描了一遍大脑。什么都没有，只能面露尴尬。

"太棒了。"她一边说，一边轻轻地把双手放在大腿上。"一切都很棒。"

然后就没有下文了。我们的整个旅程，就好像从来没有存在过一样，被彻底抹去。就好像日记的一部分突然丢失了一样。

总而言之，我和母亲的整个旅程总共十一天。我们行驶了一千九百五十七英里，穿越了三个州和三个精致优美的国家公园。我们看到了七头熊，如果算上我梦到的那些，一共十一头。我们在五个露营地露营，喝了两瓶百利酒。我慢慢地、断断续续地理解了妥协的含义，我牵着母亲的手，任由她带着我走近那冰冷寂寥的荒野，却发现那里比我曾经去过的任何地方都更有活力。

但我的母亲，一秒钟也想不起来了。

我坐在沙发上，从小长大的家里充满了回忆，这里有关于如何找到自我的线索，这里有关于谁会在黑暗中牵住我的手的答案。

母亲永远不会记得此次旅行,而我却永远不会忘记。

我心想,发生了什么?到底发生了什么?

在飞回加利福尼亚之前,我在父母家又住了一晚,这个问题像鹰一样在我脑海中盘旋。我觉得与母亲的此次旅行好像是某种入门课——就像我现在知道宇宙词典中的前两三个无声的词汇一样,但我不知道接下来会发生什么,或者,随着母亲逐渐失去更多记忆,谁来代替她教导我。

那天晚上,当我洗脸时,我感到那些鹰再次在我体内的热气流中翱翔。洗完脸擦干后,我拿着湿漉漉的毛巾,看着镜子,疑惑,也许是希望,镜子里的那张脸能给我答案。我向前靠了靠,俯身凝视,但仍然看不到母亲的痕迹。所以,我靠得更近了,渴望着什么,渴望获得一些线索,让我觉得她已经刻进了我的身体。但我什么都没看到。

我失望地垂下肩膀,开始擦干双手。当我把毛巾挂起来时,我发誓我听到了一个声音:

捏捏它们，它说，捏捏你的手背。

我笑了。

真是见鬼了，我心想，因为我确实捏起了左手上的一点皮肤。

我轻轻捏起它，又放开，看着它不紧不慢地弹回去。当我注视着它时，我注意到了别的东西——我的手，我的指甲，以及指关节上那些细细的皱纹。我把双手翻过来，看着指腹以及手心的掌纹。

一切都在那里——我一直在寻找的一切。指纹就像山脉，是错综复杂的小地形图。手心里那些深深的线条是峡谷和纵横阡陌的河床。手背上隐隐约约延伸的蓝色血管是地下通道，是地下水能够流动的狭窄含水层。我摸了摸前臂内侧，手腕下方那里——皮肤柔软，如丝般柔滑，像细细的淤泥。

我可能看起来并不像母亲，我心想。但我看起来确实像大自然母亲。

就这样，我的导师出现了，它是海潮和流星，是古老的森林和穿过草原的风声，是山顶和河底，是席卷平原的风暴，是劈开大海的闪电。一切都说得通——因为唯一比我母亲更伟大的是大自然母亲。

在那一刻，我知道我必须找到回去的路——不是回到刚刚去过的旅行，而是回到整个大自然，回到和大自然在一起的生活，回到一个我的外部世界与内心世界相匹配的地方。我的生活不再是对母亲的回应，而是与她的共同创造。我需要以大地为证，走向我与神的界限模糊的地方，一个我的家族血统能找到安宁的地方。

我回头看着镜子里的自己，她在向我点头。

与母亲的旅程既是结束，又是一种开始。如果用心，便一直在路上。

那天傍晚，父亲开车送我去机场赶飞机回南加州。车上就我们两个人。

就在旅行之前，母亲刚刚看过医生，并做了一些检测，以便了解她的疾病进展。我很想知道结果是不是在我们旅行期间就已经出来了，如果是的话，结果怎么样。在去机场的路上，没多久，我便向父亲求证。

"不太好，"父亲盯着前面的路说，"但我希望她还能再检查一下。"

"我觉得正常的话是必须低于某个数值，"我说，"她是不是已经远远超过那个数值了？"

他看了我一眼，然后继续看路，眼神中是转瞬即逝的绝望。

"斯蒂芬，"他悲伤地说，"我只是不知道该怎么办……"他顿了顿，调整了握住方向盘的手，"我只是希望能出现奇迹。"

正如安妮·拉莫特（Anne Lamott）所写："乞求时已经晚了。现在是信任和妥协的时候了。"

"爸爸，"我说，"我想说的是，不用乞求奇迹，您还没看到吗？"

"看到什么？"他问道。

"我们已经看到过奇迹了，"我说，"上千个奇迹。"

他抓住我的手，快速地捏了两下——那是一种独特的心跳。在接下来的路上，我们都沉默不语。我们家族最健谈的两个人一句话也没说。因为没有什么比沉默更令人激动了。是母亲教会了我这一课。

母亲是一个奇迹。她就是千千万万个奇迹中的一个。她就像河流一样奔腾，流淌在我们的血脉中。

在我一生获得的所有智慧中，这是我唯一希望保留的一点：没有她，我什么都不是，是她成就了现在的我。

结语　站在岸边

自从和母亲一起旅行以来的五年半里,我每年六月都会梦见熊。那个月似乎已经成为某种标记——母亲和她头顶的天空一起"密谋",向我的潜意识发送了某种信号,一个星际摩尔斯电码。2020年6月也不例外。

那个月,梦早早就来了,大约是在6月7日。在梦里,我遇到了一头大熊。它躺在医院门口外的小路上。

熊开始气喘吁吁,我甚至看到了它的舌头和牙龈——淡粉色,几乎是白色。它已经筋疲力尽了,开始脱水。它还活着,但几乎没有了生气。

我走近,熊没有抬起头。它看着我,眼神中充满了恳求。它已经无法走路,无法爬行,也无法再往前走一步,但我很清楚它想走进医院。它无法大声呼救,但它需要照顾。我四下张望求助,突然出现了一个身着蓝衣的大汉。我们一起把熊抬进了门。一进去，熊就被放在轮床上带走了。它的状况很危急。我留下为它办理住院手续，提供我知道的所有细节。

问了它的姓名（不详）、年龄（不详）、血型（也不详）后，桌子后面的女人伸手越过柜台，拉起我的手说："别担心。您母亲会没事的。我们现在已经开始为她治疗了。"

一个月后，几乎是同一天，母亲搬到了加拿大温哥华的一家全日制护理机构。在一百五十英里外我现在住的地方，在一片大雪松林中，我能感觉到她的解脱。我能感受到母亲的解脱，那种激烈而快乐的自由。这种感觉无声地穿过地面，穿过母亲和我之间的土壤中的所有树根，穿过连接我们的红色血脉。

由于新冠肺炎期间的边境管控和防疫措施，以及护理机构的健康和安全预防措施，我已经一年多没有见到她了。我不确定是否会更久，但可能会更久。

我为此深感悲痛。但另一个我，那个沉默不语的我，那个知道如何在风中拾起只言片语的我，内心是平静的。因为我知道母亲无处不在。

她盘绕在我的DNA中。她在地球的基岩中，我在周围和脚下的每一层土壤和淤泥中都找到了她。她在我看到的每块岩石的每一道缝隙里，她在每一条涓涓流淌的溪水中。母亲是地下水，寻找着通往海洋的路，而我是她身后的风景。我会站在岸边，看着她从沙石中流过。从那以后，我的眼睛将紧紧盯着水面。

我的母亲无处不在，她的母亲也是如此。在周围群山的锯齿状山峰中，在头顶的云层中，我找到了她们。她们是刻在我家附近一块大石头上的面孔纹路——一座古老的祭坛，无声地讲述着自己的故事。我去拜访她们，坐在她们脚下祈祷。我可以在海边老鹰的叽叽喳喳声中听到她们的笑声，可以在小鹿的眼中看到她们，她们害羞地蹦蹦跳跳离开。她们无处不在，这让我觉得我可能也会如此。

很多人可能会说，我花了很长时间才明白这一点——神性既存在于我们的内心，也存在于我们周围。但是这种说法既目光短浅，也很狭隘。因为实际上，我们花了数千年才明白这个道理。升华需要时间，甚至需要经历亿万年，经历地动山摇。需要经历冰川刮骨般的刺痛，数千年的重压。需要经历滴水穿石的无数个日夜。需要经历内心的涅槃。

您看，女人不是靠自己站起来的。她是通过血脉站起来的。她将自己的生命置于母亲的生命之上，等待数千年。我只是一座小山，但当我站在母亲身上，母亲站在外婆身上，我们就开始形成山脉。当所有我们这些人一个接一个地站在一起时，我们就是珠穆朗玛峰，或者正如尼泊尔人所说的——"天空女神"。

我是我母亲进化后的样子，她是我成长的核心力量。我们两个人，加上我们之前的数百人，组成了一个集体，数十万年来，我们一直在崛起，合成一条从天而降的星光链。灿烂无比。

我从来没有像现在这样了解自己。我从未感到自己更完整，更强大，更像她，更像自己，更像我们俩的混合物，更像我们的前人。现在，我们都朝着同一个方向前进，在海上漂泊了几十年后，一起在岸边跳舞。

有些事情可能会被遗忘。但在这个过程中，我们会被铭记。

致谢

在每一本书的创作过程中,都有很多人像盘根错节的树根一样为它提供营养。我要感谢以下这些人,没有他们,没有他们的滋养,我就无法突破自我,开始动笔。

感谢莎拉·J. 墨菲(Sarah J. Murphy),在我的生命中,很少有人见证了我每个时期的样子以及我前进的路。您是其中之一,您照亮了我的生活。愿这如圆月的循环继续为我们指明道路。

感谢布莱恩·克拉克(Bryn Clark),在我的生命中,很少有人能知道未来我会是什么样子,并要我当下就努力成为那样的人。您在我的内心和我的工作中播下了许多种子。愿这如新月般的循环继续为我们指明道路。

感谢"熨斗"（Flatiron）的整个团队，能够像森林中的一棵树苗一样得到你们的精心培育，我既受宠若惊，又心潮澎湃。跟你们在一起，我心中充满感激，未来可期。

感谢我的经纪人劳拉·约克（Laura Yorke），感谢您相信我能够伸手摘星辰。有您的支持，我便有了全世界。

感谢克里斯蒂娜·奥戴妮（Kristina Oldani），您曾经写信告诉我只要我们对周围的环境给予足够的时间和空间，周围的混乱就会越来越少。感谢您见证并鼓励我将这个方法应用到我遇到的每一处混乱之中，不局限于上文中提到的地方。

感谢玛雅·道尔（Maia Toll），感谢您在最重要的时刻提供最重要的线索——没有您，就没有这本书。您对本书结尾处的支持难能可贵，您在其他方面的支持也令我倍感珍惜。

感谢莎拉·瑟莱吉（Sarah Selecky），我珍视你对我的情谊和智慧。感谢我创作团队中的所有女性（无论过去还是现在的）。感谢布雷蒂·罗森（Bretty Rawson）和乔伊斯·陈（Joyce Chen），感谢你们为我创造空间。

感谢我的"叛逆的猫头鹰"军团——卡基、凯莉、麦迪逊、艾琳和杰拉尔丁——那一年，你们都学会在黑暗中行走，莫名为这本书的创作提供了灵感。向你们致敬。

感谢莎娜·克拉内·迪米克（Shannah Crane Dimmick），无论我走到哪里，您都一如既往地支持我。感谢生命里有您，我才成长为更好的自己。感谢您。

感谢珍妮特·贝托卢斯（Janet Bertolus），我不知道该如何表达我的感激。栀子花的芳香和黑甘草的味道，混合着远处您拍打膝盖的声音，您是我的双眼，教会了我润物细无声的爱。

感谢我的家人（以及所有受阿尔茨海默病和失智症影响的家庭），对于我们今天的遭遇，我很遗憾，但很庆幸，我们一直在一起。这虽令我们备受折磨，但没有彼此，我们将寸步难行。感谢你们通过各种各样的方式分享自己的故事，倾听我的故事。

感谢我的爱人克里斯（Chris），感谢你为我创造了空间，让我做我自己，接纳我的一切。我因你而完整，不是因为你是我更好的另一半，而是因为你花了十多年时间鼓励我找到自己。而这本书，我们都知道，必须由一个完整的我亲自执笔。

感谢我的父亲，您教我的最重要一课是关于最后一线希望，此外还教会我很多。如果您没有教我如何围绕最后一线希望去寻找、打造和重建生活，这本书就不会存在，也不会成为现在看到的样子。我爱您。

最后，感谢我的母亲，您给世界最好的礼物就是您养育孩子的方式。我已经开始相信，这本书是您继续养育孩子的另一种方式——为更多阅读这本书的人提供启迪。您就像一棵雪松，无论是旁观者，还是参与者，您的生活都令人惊叹。但您现在更像一段伟大的原木，滋养着他人，滋养着整个古老的森林，这简直是个奇迹。成为您的女儿，我倍感骄傲。